卡通老妈

郑春霞 著

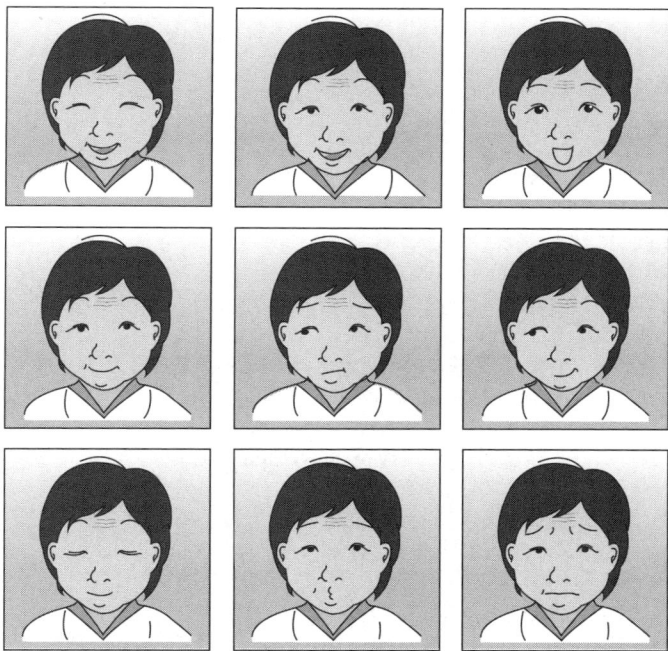

浙江工商大学出版社
ZHEJIANG GONGSHANG UNIVERSITY PRESS

图书在版编目（CIP）数据

卡通老妈 / 郑春霞著 . —杭州：浙江工商大学出版社，2016.5（2016.11重印）
ISBN 978-7-5178-1599-0

Ⅰ．①卡… Ⅱ．①郑… Ⅲ．①散文集－中国－当代 Ⅳ.①I267

中国版本图书馆 CIP 数据核字（2016）第 061820 号

卡通老妈

郑春霞 著

出 品 人	鲍观明	
责任编辑	何小玲　尹　洁	
封面设计	叶泽雯	
插　　画	叶泽雯	
责任印制	包建辉	
出版发行	浙江工商大学出版社	
	（杭州市教工路198号　邮政编码 310012）	
	（E-mail：zjgsupress@163.com）	
	（网址：http://www.zjgsupress.com）	
	电话：0571-88904980，88831806（传真）	
排　　版	风晨雨夕工作室	
印　　刷	杭州五象印务有限公司	
开　　本	880 mm×1230 mm　1/32	
印　　张	10	
字　　数	165 千	
版 印 次	2016 年 5 月第 1 版　2016 年 11 月第 2 次印刷	
书　　号	ISBN 978-7-5178-1599-0	
定　　价	30.00元	

浙江工商大学出版社营销部邮购电话　0571-88904970

人间有序，草木有爱

——序郑春霞散文集《卡通老妈》

　　郑春霞以前写过《中国妈妈的亲子课》，让我一度以为她一定是位儿童教育专家。后来发现她不是教儿童的，而是在高校教书的。现在她又写了一本非虚构散文集《卡通老妈》，是写她的妈妈如何的卡通。在书中，我们可以看到郑妈妈是 50 后女性的典型代表，以前在农村摆水果摊，喜欢说话。这让我想起我的娘。我娘以前在枫桥镇上摆过甘蔗摊，那叫讨生活。只不过我娘不太爱说话，她喜欢嗑瓜子。

　　郑春霞笔下的妈妈，是个做媒专业

户，我猜这一定和她喜欢说话有关。文中说她撮合了二十对夫妻，至今一对也没有离婚，这令她感到无上光荣。她讲："这两个人这么般配，自己都不识得，我只不过是在黑暗中把电灯拉拉亮。哪里想到，一拉就灵，一做就成。"所以，这位"拉灯"的媒人，是值得尊敬的。我也认识一位喜欢做媒的朋友，说是要多做好事，她也撮合了十多对夫妻，她也热爱说话。我因为嘴笨，同我娘一样，做不来这样的好事。所以我就喜欢写写。大家都晓得的，写写是不能帮人做媒的。

郑春霞笔下的这位妈妈还是"教育专家"，她在水果摊前一边卖水果，一边免费给顾客们上教育课，大家都欢喜听。她果断地说："依我讲，教育就两个字——放开。手脚放开，让他自己飞，飞到哪搭算哪搭。人啦，只要一条看牢，千万别走邪路。只要走正道，当官也好，做生意也好，自己开公司也好，给别人打工也好，都凭他自己。读书会读就读，实在读不上，也算数。路也多蛮多，仔细忖忖，还是由他自己发挥最紧要。"

她还爱看《红楼梦》，能做出精妙而实在的点评。她认为："黛玉太固执，欠放松，哭哭啼啼，这种性格不久长。老太太待你这么好，又是自己外婆，有什么好怕的？没里外的呀。宝玉本身也中意你，自己心态放好，眼光放远，大家庭上上下下都搞好关系，嫁给宝玉是迟早的事。多愁多病必然红颜薄命。"

她把摆水果摊看成是自己的事业，用卖水果赚来的钱改善一家人的生活。儿女工作之后，让她不要再风里来雨里去地摆摊卖水果了，她说："我有一颗事业心的。"卖水果就是她的事业。她爱唱越剧，同她的女儿两个人能凑成一台戏，一个唱祝英台，一个唱梁山伯："（梁山伯：）贤妹妹，我想你，神思昏昏寝食废。（祝英台：）梁哥哥，我想你，三餐茶饭无滋味……"她的生活是细碎繁杂，充满着烟火气息的。这样的气息，让人感受到真实。她把生活过得像小说一样精彩。

所以说，这位老妈是卡通的，开心的，爽朗的。翻着书稿，我都能听到她从文字里头传出来的笑声。在郑春霞的笔下，老妈就犹如一棵匍匐而生的植物，坚韧，执着，朝着既定的方向，生长，老去。跟绝大多数母亲一样，她并没有机会去游走世界，也没有过人的容貌和胆识。她普通得像一滴水一样。但同时这样的母亲又蕴含着强大的能量和无穷的智慧，这来自土地给予她们的启示，来自生活本身给予她们的经验。她们足以用乡村或者小镇的纯朴民风，祖祖辈辈遗留下来的谚语，教育她们的孩子，给予他们善良、本分、坚定、浓厚的生命底色。

比方说，她同女儿讲："逢贵则贵，逢贱则贱。"一个人既要

会过好日子,也要会过苦日子;既能过高贵的日子,也能吃低贱的苦。她讲"吃不穷,着不穷,划算不好一世穷"(过日子要懂得谋划,要生财有道),"日头游游,夜头花油"(白天不好好做事情,等到晚上浪费灯油),"自己称花烂冬瓜,别人称花像朵花"(自己称赞自己没有用,要别人称赞你才行),"有的忙,有的尝"(忙是好事,努力奋斗才能品尝好日子)……

比方说,她是这样教育自己孩子的。儿子穿衣服都要名牌,买自行车、照相机也要名牌,老妈讲:"好,你要名牌,我就给你名牌。但是,你要名牌,我也要名牌。读书要名牌,做人要名牌。中学要读名牌中学,大学要读名牌大学,做人也要做名牌人物。"

比方说,作者小时候,有一次爸爸冤枉了她,她把小板凳举过头顶,摔在爸爸面前。老妈讲:"女孩子泼点好,敢闯敢干,一定有前途。不过呢,要内刚外柔,以柔克刚,这样就更加完美了!"

比方说,老妈讲:"一日到夜捧着本书读的人也是死脑筋。就像大棚里栽的水果,总是野外的水果鲜、嫩。露水打着过,风吹着过,都不一样的。人也要走亲访友,四圈八面,都见识见识。听听别人都在讲什么、做什么,对自己也有启发的。"

……

如此等等,洋洋洒洒,让你觉得她就是同你拉家常的隔壁阿姨，那么本真又心怀善良。

这是一本有着不少家乡方言的集子，在我看来，世界上所有的俚言俗语，本来就结实而生动。郑春霞的文字，让那个渐渐远去的时代，又一次清晰地回到我们面前。从这个角度来讲，这本书写得既接地气也通灵魂。她让我们感受到了生活的真实与琐碎，甚至残酷，又能让我们在文字中重返往日的时光。

我私下里猜测，郑春霞写母亲的笔触如此准确到位，大概是和她太了解自己的母亲有关的。尤其本书中大量引用了人物的"原生态语言"，使得母亲形象跃然纸上，如现眼前。

当然，这个世界上，有着千千万万的母亲，也有着千千万万写母亲的著作。我以为，每一条河流，都是有自己的方向的。那么每一个母亲，也各有各的母爱。她们有着不同的路径来表达自己的爱意，却殊途同归，如人间草木，无论世事如何多变，都以有序有爱的方式存在于我们的身边。

那么好了，不管你的母亲卡不卡通，都让我们心怀虔诚，致敬母亲。是为序。

2016 年 3 月

把整个三门带到杭州来

　　她从三门来杭州，想来就来，连个电话都不打。往往我们正吃着晚饭呢，门铃响了，老妈来了。

　　一边是意外的喜悦，一边怪她不事先通知，没个心理准备，不放心。

　　她说有什么不放心的，两个半小时就到了，东站下车，坐502到古荡下，不就你家了？

　　我和弟弟住同一个小区，是前后幢。我们家族有五十多人住在杭州。来杭州，对老妈来说，就像到隔壁邻居家串门一样简单。

一进门，她就把带的东西七样八样地掏出来，都是正宗的三门特色，杭州买不到的吃头：三门青蟹、三门小白虾、豆面、面干、豆腐皮等等等等。

接下来的日子里，我们就一餐接一餐地品味老妈做的家乡美食。麦焦、麦饼、面皮……一样一样地吃着，老妈在几天，肚子就撑几天。

不仅仅是我们，她还把楼上楼下都跑了个遍，把三门麦焦一张一张"推销"出去，把三门特色做成了省城品牌。邻居们还挺喜欢吃的，不起眼的小吃倒成了人见人爱的稀罕物。老妈说，别地方的东西都还是三门东西好吃，杭州人肯定也中意吃的。

接着，她就跟我说起哪个表妹结婚了，哪个表弟谈女朋友了，谁谁谁的女儿嫁给了谁谁谁的儿子。我说我要备课，她连忙说那我不讲了。可是，不知不觉地，她又会讲起来了。我就听一会儿，发一下议论。她又说马云了不起，阿里巴巴名字好；李彦宏也了不起，这么年轻，这么有出息。还问我"百度"是什么意思。我说就是"众里寻他千百度"，就是"找来找去很辛苦，最后在百度找到了"。

老妈是卖水果的小镇妇女，小学文化，50后，却对网络很是热衷，因为我弟弟就是办网站的。网站的名字还是老妈给起的——米胖网。米胖也是家乡三门的小吃。老妈说米打成米胖，就是从少到多，从小到大，就是发起来了。所以叫这个名字，弟弟的网站就会红火，就会兴旺。

老妈从我们小时候就开始卖水果赚钱供我们读书。风吹日头晒，落下失眠、头痛等毛病。其实，我们家道也还行，爸爸一个人赚钱也能够维持家用。但是，老妈闲不住，起早摸黑，按她话讲就是：钱怕多了？用到的时候就嫌少了。

由于她在外卖水果，很迟才能回家，我和弟弟从小就自己烧饭、做面条、炸麻花、做炸虾（一种面食）、炒菜，各种各样乱烧一气，发明了很多"新菜系"，当然也浪费了不少原材料。然而，老妈从来不会说我们。我们烧什么，她和爸爸就吃什么。我们的独立能力就这样无形中被培养了出来，我和弟弟的厨艺也是百炼成钢了。由于年三十水果最好卖，老妈舍不得不赚，每一年的年夜饭都是我和弟弟烧的，从十三四岁开始到现在。

我和弟弟是被放养的。爸妈文化水平不高，从来不会压我们，按老妈话说就是"大石头压水是没有用的"。我俩从小胆大妄为，自出主意，完全按自己喜好，按自己个性行事做人。我们全家在一起说笑都是没大没小的。老爸瘦，我们就叫他"老骨头"，简称"老骨"。我们四个人聚在一起的时间不多，一旦在一起，

都会像孔子和学生一样"各言其志",我们四个人都充满斗志,互相理解,互相鼓励。弟弟读完浙大后在一个很好的单位上班,却辞职办了网站;我在家乡工作好好的,也辞职来了杭州。所谓"将在外,军令有所不受",我们先斩后奏,父母也能默默支持和鼓励。

父母很依(宠)我们。小时候,跟着爸爸到山上去,看爸爸用锄头锄地,我嚷嚷着要小锄头,没过几天,爸爸就到厂里做了把很小的锄头给我。我扛着它,锄得很欢快。爸爸在山上种了一百二十棵橘子树,他把给橘子树上化肥的事儿承包给我和弟弟。我们在橘子树下画一个大圈圈,把化肥均匀地洒下去,然后把土盖回去。完成一棵树,可以得到一元钱,我们俩高兴得不得了。干完了,一边数钱,一边傻笑。

橘子丰收了,我们每个人床前一大箩筐,吃到不想吃,然后老妈拿去卖。有些橘子熟透了,裂开了,卖相不好,没有人买,老妈就笑眯眯地吆喝:"开口笑,开口笑,大家快来买开口笑哎——"大家觉得很新鲜,尝了一下挺甜的,也就不计较裂不裂开了。

我结婚的时候,用到很多水果。同行们已经给老妈便宜很多了,老妈觉得还应该再便宜一点,于是她找到水果行里最德高望重的老前辈——卖了一辈子水果的老人,大家都信服他,水果行里一旦有什么纠纷，都由他来解决，大家都叫他"主人"。老前辈答应给老妈便宜更多的价格，手写了一张纸，还签了名。老妈拿着这张纸，就好像是拿着什么宝贝似的，欣喜若狂地去拿货，嚷嚷着："主人答应了，主人答应了！"

我们全家都认为老妈卖水果太辛苦了，不用卖了。老妈也认为辛苦，觉得累，但是，她还是继续卖着。其实，她是爱上水果了，她把卖水果看成是她的事业。她喜欢跟顾客交流，喜欢讨价还价。她说做生意就要"眯眯笑，眯眯要"（类似于普通话中的"笑迎天下客""顾客为上"）。

老妈对我们唯一要求严格的就是读书。从我们还没上学开始，她每天都会念叨"考大学"这三个字，给我的感觉是，如果我俩没考上大学，她会发疯的。这也怪不得她，我的外公曾在浩劫中被当作"牛鬼蛇神"批斗，后来疯了。小学毕业考了双百分的老妈，连烧火的时候都爱拿着书啃的老妈，因为家庭成分差，被迫辍学。所以，老妈把她全部的痴迷和梦想寄托在了她的两个孩子——我和弟弟的身上。

虽然现在我一直住在杭州，但时不时总会想起老妈从小在我耳朵边"乌啊""乌啊"念叨来念叨去的三门祖祖辈辈留下来的那些充满人生哲理的民谚：

吃不穷,着(穿)不穷,划算不好一世穷。

(过日子要懂得谋划,要生财有道。)

有的忙,有的尝。

(忙是好事,努力奋斗才能品尝好日子。)

自己称花(称赞)烂冬瓜,别人称花像朵花。

(自己称赞自己没有用,要别人称赞你才行。)

量大福大,家大业大。

(一个人气量大,福气才会大,气量大福气大,才能撑起很大的家业。)

目录

目 录

目 录

卡通老妈主意多　　　　　　　　　　**211**

[第五辑]

目录

卡
通
老
妈

第一辑

卡通老妈不难哄

01. 你哄我，我也高兴

我们家的家具全都是妈妈的嫁妆，现在看来，非常具有年代感。有些家具上还刻着当年的时髦话。我记得大衣橱上就写着"自己动手，丰衣足食"。老妈说，坐那里不动，什么都没有；只有动手去做，才会样样都有。

不用她多说，我和弟弟可有主意了，也可愿意自己动手了。我们喜欢自己烧饭自己吃，自己赚钱自己花。虽然一开始烧得并不那么好吃，但老妈还是一直在表扬我们。虽然我们赚的不是什么大钱，就是抓点小螃蟹、挖点小草药卖卖，但是给我们当当零花钱也足够了。

老妈自己卖水果忙，就由着我们去，只要不影响学习，她都支持；更何况，我们能自己烧饭吃，她卖水果回来晚了，就不用担心我们饿肚子了。有人说，懒妈妈才能养出勤快孩子，这句话不无道理啊。当然，我家老妈可不懒，她是因为忙着卖水果养家，才顾不上我们的。不管怎么说，妈妈给孩子充分的自主权，给孩子自由发挥的余地，那是一点都没有错的。

但是呢，老妈有时候总忍不住要"指手画脚"。比如，她会一边看着弟弟烧鱼，一边说"油太多了""姜切细一点""火关小一点""盐放太多了""酱油要放一点的""酒放了没有"。

弟弟才不听她的，他会对老妈说："老妈，是你烧还是我烧？你要烧你自己烧；你烧好了，我们来评论。我烧的时候，你就别多说；等我烧好了，你再评论。"

老妈笑笑说："好好好，你自己烧。"

没过一会儿，又忍不住凑过来看看，说："会不会烧过头了？你水放了多少，会不会烧焦掉？"

我在旁边禁不住笑起来，老妈这是有多操心啊。

等弟弟把鱼烧好端上来，大家一尝，不咸不淡，又入味又好吃，还真不错呢。

老妈表扬："比我烧得还好！"

弟弟微微一笑："老妈，你要相信我，要给我表现的机会。烧得不好，你再说也不迟啊。在烧的时候，别把我说乱掉。"

老妈嘿嘿笑着说："好好好，我不管，我不管，由你自己。"

等到我们写作业了，老妈又来说了："人要坐端正啊，笔也要拿端正，字要一笔一画用力写，要写清爽，写漂亮。"一遍说完，意犹未尽，没一会又回来说一遍。

弟弟又不耐烦了，跟老妈说："老妈，你等会儿来检查不就行了？写得不好，你让我们重写还不行吗？你老是在旁边念啊念的，我们还怎么写？"

老妈忙说："对对对，我不管，我不管。"其实呢，禁不住又会偷偷地过来看看。

我们来杭州工作以后，老妈也会不断打电话给我们："饭要吃饱，衣裳要穿暖啊。都没人在身边，饿着冻着，也不识得。"

我一听，就饱了。这是还把我们当小孩呢。

老妈还会反反复复说：早点睡啊，睡眠最重要。你不休息，哪里来的气力呢？留得青山在，不怕没柴烧啊。

后来我就想了一招。只要老妈一打电话过来，我马上说："老妈，我饭吃饱了，衣裳也穿得很多。我很早就睡的，因为睡眠最重

要。人就是要注意休息，因为留得青山在，不怕没柴烧。"

老妈一下子没词了，说："对对对，那我就放心了。"

电话总算挂了。

但一波刚刚平息，一波又来侵袭。她又开始操心其他的事情："啊哪哪，辛苦的啊，这么早起来教书去，学生听讲不听讲啊？成绩怎么样？学生考不好，老师要吃苦的啊，要受批评的啊。"

我马上说："我教的学生怎么可能考不好呢？全部一百分！"

老妈马上高兴起来："这就好，这就好！"

接着，她又去"干扰"弟弟了："啊哪哪，辛苦的啊，自己创业办公司。员工不听你的怎么办？天使投资不投你怎么办？合作伙伴好讲话吗？签合同的时候，一定要仔细看啊！做生意，眼要准，心要静，关键时刻一定要稳住啊。"

我差点笑晕了。我妈好时尚，连天使投资都懂。弟弟忙着呢，一边给员工开会，一边还要见客户，但是老妈的电话又不能不接。况且老妈还外行充内行，不解释还不行，解释又解释不清。哈哈哈。

我跟弟弟说："将在外，军令有所不受。她说她的，我们做我们的呗。我们自己心里有数就行。但是呢，我们态度要好，要把老妈哄好。"

弟弟就回老妈说："是啊是啊,你说得对。天使投资会投我的;员工好着呢;签合同的时候,我一定认真看;做生意,眼要准,心要静。我全部按照你的意思做。"

老妈一听,可开心了："对对对,你说得对。照我这样去做,肯定没有错!"

我笑着说："老妈,弟弟在哄你呢!"

老妈反应多快啊,说："只要你们好,哄我也高兴。再说了,我也要检查的。年终都要拿出成果来,我才相信。"

老妈的遥控指挥,穿过千山万水,时刻围绕在我们身边。不过呢,我们也有一套自己的哄妈妙招,穿过千山万水哄着她,让她心安,也为自己打气。听妈妈的话,哪里会有错呢? 但是,自己的事情嘛,还是要自己做主啰。

02. 多年媳妇学做婆

老妈跟我叨叨："我们以前做媳妇，不但要伺候婆婆，还要伺候婆婆的婆婆。你太婆老了老了，八十好几了，疑心病越来越重。楼梯走下来，说没看见开水滚，说我拿没烧开的生水给她喝，想让她生病早点死。还告状告到你爸爸那里。我跟她说，用柴爿火烧，开水是有会儿好滚的，但用茅草火烧呢，滚一会儿就过去了。她还是不依不饶。"

"那你怎么办？"我饶有兴致地催老妈说下去。

老妈继续："我想想，老人家在世不

过几十年。她都一大把年纪了,总是她在日短,我们在日长,跟她有什么好争的呢? 我就把开水重新倒进锅里,再烧一遍给她看,她总算没话说了。她喜欢吃大柱骨,我就把肉挑出来给她;喜欢吃鱼,我就把刺挑开,一筷子一筷子喂。"

"哇,老妈你真厉害! 又贤惠又聪明!"我很认真地表扬她。

谁知,她叹口气,幽幽道:"现在的儿媳妇,连饭都不会烧。"

哦,原来是要引出这个话题。

我跟她说:"不会烧饭有什么要紧?现在社会分工越来越细,饭可以由保姆烧。这可以省下很多的时间放在工作上,放在孩子的教育上,不是也很好吗?"

老妈说:"总是自己烧的饭菜好,放心;保姆大手大脚,钱乱花。长年累月下来,差很多的。"

我说:"这个就不用你担心了。钱的事情,是人赚人用。他们自己会过日子的。"

老妈还不肯罢休:"那你都会烧。"

呵呵,原来婆婆总是要拿女儿比儿媳的。难怪儿媳也要拿妈妈比婆婆。

要我说,这本身就不具备可比性,也毫无比较的意义。

我于是跟老妈磨叽:"我会烧,是因为我喜欢烧;但我也不

是天天都烧。我想烧,喜欢烧,我才烧。说实在的,现代女性不应该把主要精力放在烧饭上,她们还有更重要的事情要做。时间那么宝贵,为什么一定要耗费在柴米油盐上呢? 可以看书、旅游、学习、培养小孩,都很不错啊。"

"现在女人就是图爽快! 一点都不肯吃苦耐劳。"

"你为什么不喜欢人家图爽快呢? 吃苦耐劳是美德,但聪明智慧也是美德。只要她能把自己的工作做好,把孩子管好,其他的小细节何必太在意呢? 况且她带孩子这么细心,一直抱着哄着,都不喊累,已经很难得了。如果是我,早烦起来了。"

"那倒是的。她带孩子真的很负责任。有一次,我拿温开水给小宝,她都要自己尝了才给小宝喝。抱好久,也没让我换手。哭了,尿了,也都能哄。还挺耐心的,会讲故事、唱歌给小宝听。"

"是啊,要多看到她的优点。这些才是最要紧的。烧饭不烧饭的,有什么要紧? 你愿意烧就你烧,你不愿意烧就保姆烧。再说,弟弟也能烧。你还怕他们饿着呀。"

老妈"扑哧"笑出来:"她刚断奶就去上班,晴天落雨都一辆自行车,也不用你弟接送。这一点也相信她的,真是一点都不娇气的。"

"是啊,看人要看大方向,大方向好就是个宝。别老盯着无关

紧要的小处看,看着看着,把宝都看成了草。像你这么聪明的老妈,一定要做一个智慧型的婆婆,怎么可以跟一般人那样婆婆妈妈呢?"

老妈来了兴趣:"那我怎么才能成为智慧型的婆婆?"

我想了想,跟她说:"多观察,多思考;少发言,少议论。赞美的话说给儿媳听,意见不妨对着儿子提。没有什么大问题,就不要提。不要面对面、直拔直。少几分激动,多几分冷静。这样就能细水长流,感情深厚。"

"老实,老实,我也知道管多了等于白管,还把感情管坏了。"老妈应和着。

"是啊,相信年轻人一代胜过一代。他们有自己的想法和追求。再说,是他们自己在过日子,你去管七管八,不是多此一举吗? 放开手脚,让他们自己闯。就是走了弯路,也能买个经验教训。怕什么呀? 你们的任务是保重身体,多休息。这不就是给我们最好的礼物吗? 我们也不容易的,正当闯事业、培养孩子的时候。你把爸爸管好,把自己管好,就是对我们最大的支持。不然,不是添乱吗?"

"对,对,尽量把自己管好。不过,我喜欢一家人住一起,楼上楼下,每天都能看到。"老妈又开始憧憬。

"一大家子楼上楼下的未必好呢。就是我,也不愿意跟你们天天都见面,还楼上楼下呢。"我是说真话,"每个人的生活习惯不一样,性格特点也不一样。现在都讲究尊重个性,不要整天腻在一块儿。适当的距离还是需要的。"

"怎样才是适当的距离?"

"比如,我们住同一个小区,或者是隔壁小区,你和爸爸一个小套,五六十平方、七八十平方就行。这样你们自己也拥有一个小空间。每天什么时候睡什么时候醒,都随自己的意,不会影响其他人。几天见个面,或者一星期一起吃几次饭,这样就是最好的距离。不然,吃喝拉撒都在一起,低头不见抬头见,亲人也不那么亲了。你不会说我们没良心,不愿意跟你同住一个屋檐下吧?"

老妈若有所思:"我知道,就是距离产生美。对不对?"

"对啊。大家都有自己的小家庭了,需要有自己的空间。就像超市里面的那些饼干,先是独立小包装,再是一个大包装。这样既独立,又团圆,多好呀。"

"对对对,你讲得对。"老妈一个劲地点头。

03. 我只怕他选择错了

　　若干年前,弟弟由浙江大学土木工程专业毕业,在众多毕业生中拔得头筹,被分配进了省水利厅。而他的学科成绩却又是班里甚至系里倒数的,甚至还有几门功课不及格,学分都没拿全。所以,人家牛就牛在这里。来面试的单位领导就看中他独创一格的毕业设计,以及对答如流的现场反应能力。

　　那自然是人人向往的好单位。然而,虽然工作出色,颇得领导赏识、重用,但上了两年班之后,弟弟就腻了这种朝九晚五、四平八稳的生活。于是不顾领导多方挽留,毅然辞职,开了自己的公司,办了自己的网站。

我知道这是迟早的事,也相当支持。别看他总是平心静气,言语不多,但他内心深处的熊熊烈火一直在燃烧。

这使我想起 BEYOND 乐队早年的《海阔天空》那首歌里有这样的歌词:"原谅我这一生不羁放纵,爱自由。"当父母之命与自己的理想不能合二为一时,当然是要听从自己内心的声音。如果因为父母的意愿而改变了自己的初衷,那么这样的人只能是愚忠、愚孝。说到底,人这一辈子,是要按自己的想法去活,而不是按父母的意愿去活,或者按其他任何人的意愿去活。不然,为什么要辛辛苦苦走这一遭呢?按部就班、唯唯诺诺的生活,何异于行尸走肉呢? 当然,跟父母之间的沟通和交流也很重要。因此,我对弟弟说:"你一心一意去创业,父母的问题交给我。"

果然,半夜三更的,老妈的电话就打了过来,声泪俱下:"啊哪哪,这讨债鬼,这么好的单位要辞职。这摞儿真是白生的哪。放着太太平平的日子不去过,一定要去爬爬奔奔、坑坑洼洼。我培养你两个,真培养错了。太放松,太自由,由着你们自由涣散。一点都不为大人着想,想怎么样就怎么样。啊哪哪,我水果也不想卖了,卖不动,也没有心思卖。卖来卖去都是白着,都是枉然。"

看来这次老妈真动气了,就没见她这么伤心过。

　　我笑了："老妈,他又不是去当和尚,又不是搞同性恋。老实轮着这两样么,你连后代都传不落去,你这儿子老实白生了。"

　　老妈竟然止住哭,问我:"哪种算同性恋?"

　　哈哈。我跟她说:"同性恋就是男人跟男人好,女人跟女人好。有些国家,都允许同性结婚了。"

　　老妈相当好奇:"那他们都不生小孩?"

　　我笑道:"你说咋生生。"

　　老妈恨恨道:"啊哪哪,叫这撂娘爸咋接受得了啊。"

　　我就说了:"所以讲,比起他们的娘爸,你真阿弥陀佛,上上签了。他们娘爸虽然伤心,也没办法,也只能接受啊。你说对不对? 毕竟是自己的小孩,你不是说'生一子,挂一肠'吗?"

　　老妈又陷入了忧伤:"是啊,'生一子,挂一肠',我总希望你两个人平平安安、快快乐乐。放着这么好的班不上,领导又对你好,工资又高,铁饭碗,金饭碗,保你一世太平。别人头争裂了,你两个人不放在眼里。我卖水果一世人,雨打日头晒,为了什么了? 你说说看。还不是为了你两个过上好日子?"

　　我跟老妈说:"每个人都有自己的想法。更何况弟弟又不是小孩子了。他最清楚自己在做什么。每个人对生活的追求都不一样。自己创业也能闯出一片天来。你想想看,他连这么好的单位都敢辞职,说明他的底气有多么充足,对不对?"

老妈说:"我只怕他选择错了,后悔又来不及。"

我跟老妈分析:"就算选择错了,重新工作,也多的是单位要他。你有本事,还怕找不到好单位吗?好单位也在寻求好人才的呀。不然,好单位怎么撑得起来?"

老妈这才放心些。

我说:"你就让他放开手脚,大干一场呗。不然,你把他压抑了,不是浪费社会资源吗?"

老妈问:"这跟社会资源有什么相干?"

我说:"优秀的人才不就是社会稀缺资源么?他能带动社会的发展,创造更大的社会效益,为社会做更多更好更有意义的事。他是你的儿子,也是社会的人才,更是他自己的主人,你说对不?"

老妈不吭声了,不愧为有慧根、有悟性的老妈啊。

我知道她还会不断反复,但我会不断跟她交流的。另一方面,我也要弟弟保证尽早拿出业绩来,让老妈好心服。

我跟老妈说:"你还有什么不能落下肚的,随时随刻打电话过来。但弟弟那边你不能去干扰。创业不容易,我们全家都要鼎力支持。"

老妈说:"嗯。"

04. 你们怎么这么喜欢在外头

以前跟老妈打电话,她开头一句必然是这样:"啊哪哪,你两个人也苦的。"指的是我跟弟弟。

我预备好十来分钟的时间,由着她单方陈述,我则一边听,一边玩游戏或者晒衣服。

"你两个人走远蛮远,大人福都享不着。本来,我们在旁边,饭烧给你们吃,孩子帮你们带,轻轻松松上上班,多爽快都不识得。屋里这摞人,比你两个爽快嘞。这摞女人,小孩生落地,任务便算完成了。这个抱,那个抱,有时候自己想抱都

轮不着。散钞票赚点吃吃,日子过过轻松自在嘞。所以说,远水救不着近火。我们家,四个人,三个家,事实是一种资源浪费。我照料不着你,你照料不着我。要是都在三门,多爽快。"

我劝慰她:"老妈,杭州已经很近了,想来随时都可以来。过来住半个月,回家住半个月,你也可以很爽快的呀。你不等于多了两个家吗?这种感觉也很富有的啊。"

老妈继续:"总不如这摆人隔壁两户,每日都见着。小佬人在边的,亲亲热热,有一种温暖。"

想了想,又说:"都怪我当年欠生多,再生一个,不管儿、囡,留身边,挨挨手,多有味道。"

我笑了:"你就知道老三会留在你身边?说不定比我们走得更远呢。"

"以前一门心思叫你两个读书读书,考大学,考出去,眼也亮了。现在忖忖,也不用这么用心思,害你两个苦,害我自己也苦。"

老妈越说越来劲,我终于听不下去了。"你再说,我马上到北京去,叫弟弟以后移民到外国去。"

老妈吓住了,忙问:"哪种算移民?"

"移民就是加入外国国籍,住到外国去。"

没等我说完呢,老妈又念起来:"啊哪哪,这摆人咋介(这么)

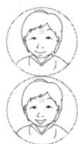

恶，连自己国家都不要。古老人讲，狗不嫌家贫，子不嫌母丑。叫你弟断断不能移民。杭州好，杭州好，北京什么的，都没有花头。你两个就住杭州。我和你爸将来也住杭州来。"

哈哈，跟我妈就得用这招。然后，她就会自动憧憬另一番景象了。

"等你爸厂里再做个一两年，我和你爸就住到杭州去，跟你们会合。我烧麦焦、麦饼、面皮给你们吃；每日吃饭没意思。给你们饺子包好，放冰箱里，早上蒸起来吃吃。双休日我们到西湖边嬉戏。过年过节，全部都转三门来，亲眷这摞也要走动走动。我也忖过，脑筋也要跟着形势转，山不转水转，对否?"

我的亲妈，就是这么可爱的。

我表扬了她，她信心十足。

我继续"唐僧念经"："老妈，自从我和弟弟上了大学之后，就不在你们身边了。你和爸爸两个人也真是不容易。现在还是过渡时期，还要坚持一两年。我们也会经常回家看你们。虽然我们不在一起，但我们家也一直都有一种温暖的。日日相见说不定还没有我们这么亲呢。每个人都要对自己好；对自己好就是对别人好。你对自己好，就是替我对你好；我对自己好，就是替你对我好。我们不要为对方牵肠挂肚，我们要把自己管好。享福好是好，自己动手能好得更久，也更踏实，也能够学会很多东西。如果一直都在父母手下，也没有什么出息。穷人养娇子，就是因为目光短浅，什么都想要替孩子做好，其实是害了孩子。"

"我忖忖，你两个什么都靠自己，在外头，到底苦的。"老妈会反复的。

"啊呀，又没有住在天底下，没的吃，没的穿；我们已经很幸福了。别多想了。"我可不像老妈这么缠绵。女人会沉浸在自己臆想的情境之中，自动夸大或幻化某一种情绪，轻而易举地感动自己。老妈也不例外啊。

"我还有一个问题。"老妈像个学生。

我说："请问。"

老妈问："你们怎么这么喜欢在外头，不中意转家里来? 在外头，本钱重；在家里，本钱轻啊。单单房价就压死人。"

老妈还是很善于思考的哦。我决定好好回答她，这实在是一个很好的问题。

"因为自由，因为喜欢开放、文明、宽容、大气的美好环境。不仅仅是风景优美，更重要的是平等、开明的社会环境。凭本事吃饭，而不是靠关系竞争。这个比什么都重要。人们都在追求这样的理想，为了实现理想，吃苦也成了快乐。"

老妈问："那这么说,你们理想实现了啰?"

"还在实现的路上吧。理想就像天上的云,会跑开,会跑远。"

"那怎么办?"

"那就一直追,追到追不动的那一天。"

我发现渐渐说得虚起来了,就停住不说了。

老妈若有所思,突然犹如梦中惊醒,对我说:"啊哪哪哪,我们讲了这么长时间,害你电话费都讲完了。"

挂机前,又听见老妈在那嚷嚷:"千万别移民啊。杭州好,杭州好。"

05. 你说你说，我都遵守

我打老妈手机,听到人群的声音:

"苹果多少一斤?"

"西瓜帮我挑一个。"

"那个,那个,就那个。"

哈,被我抓个正着,老妈又偷偷卖起水果来了。

我跟她说:"叫你别卖了你又卖,弟弟会生气的。"

老妈嘿嘿笑着,一边张罗生意,一边对我说:"夏天到了,不卖熬不牢。生意好得不得了。"

我和弟弟已经无数遍语重心长地跟

她说过了:现在用不着你赚钱了,你在家里好好休息,管好自己和爸爸的身体就行了。她已经半年没卖,可现在又卖起来了。

"我有一颗事业心的。"老妈竟颇有些骄傲,"不弄点卖卖,一日到不了夜。家里就我和你爸两个人,他上班去了,我独个人楼梯上、楼梯落,没什么意思。"

我说:"你可以听听越剧养养花,给爸爸烧好三餐饭,晚上到花坛去跳跳舞唱唱歌,不是落直了?"

老妈不说话了,那边生意确实忙。

过了一小会儿,她又说了:"主要还是中意卖。这么多年卖下来,连顾客都念着我呢。你还别说,一个月也有那么两三千好赚赚的。"

呵呵,还是贪恋数钱的感觉啊。

"钞票多不到尽头,再多不算多。你爸退休工资已经开始领了,每个月三千多。我又没有退休工资,自己赚点来好捏捏手。"

原来老妈的小算盘是这么打的。

我跟她说:"爸爸的退休工资还不是交给你了?弟弟也给你钱,我也会给你的呀。"

老妈说:"你们也给我,我自己又有,这样不是更好吗?再说我现在手脚都还健,偷空出来卖卖,也不打紧的。在外面跟顾客交流交流,听听新鲜事件,也蛮有味道。再说了,我不卖水果,自己的水果都要从别人摊上买,多贵啊。自己卖的话,吃的水果都是进货的价格,便宜一半不止。还都是真货。"

哎,看来我这个"唐僧念经"也拿她没办法了。

在弟弟看来,老妈看似在赚钱,但赚的是小钱,又是辛苦钱。她把自己的身体养好,把爸爸照料好,让我们姐弟俩在杭州没有后顾之忧,才是真正的利益所在呀。再说了,赚钱是年轻人的事情,老妈卖了半辈子水果,早就应该享享福了。

但在老妈看来,她虽然赚的是小钱,也可以添添秤头,反正空着也是空着。卖卖水果,跟人接触接触,心情也更快乐。

我也挺欣赏老妈的这种独立精神。既然她喜欢卖,那就让她卖吧。不过,我给她提出了几条守则,让她一定要好好遵守。不然,弟弟真生气了,我才不帮她说话呢。

我妈态度好得很:"你说你说,我都遵守。"

"说到要做到。"

"做到做到。"应得很积极。

"第一条,不要太贪心,太用心。别想着一定要挣多少钱,就当是玩玩。第二条,一定要在照顾好自己和爸爸的生活起居之余,才去卖水果。第三条,太热太冷或者下雨打雷的日子不能出

去卖。"

　　老妈说,是是是。

　　我想还得加上几句:"老妈,我们现在生活比以前好多了,也不缺钱了。你一定要提高境界,不能像以前一样卖水果谋生。要用一种无所谓的态度,不要掉进钱堆里出不来,你们健康长寿才是最大的财富。自己在病床上自己知道,最亲的亲人也换不了你的痛。以前是用十二分精力去卖,现在用个三四分就可以了。不然,倒在床上,我也不会理你的。不对自己好的人,就是害人的人;让别人没好日子过,就是坏人。"我狠狠地摔下重话,希望老妈能够量力而行,多休息,少卖卖。

　　前段时间,偷偷问了问爸爸,她还算是听话,早上出去卖,中午就回来了。下午热,就在家休息。黄昏凉爽,又出去卖一下。五一弟弟一家回去了,老妈依然坚守在水果摊前,憨憨的小侄儿已经学会说话,能够帮着奶奶吆喝了。

06. 好好好，欢迎你来培训

啊，老妈终于退休了呀。

老妈本来还想着一直干下去的。随便卖卖，也能落点钞票下来，当当生活费不成问题。多有些钱，用起钱来也不那么心痛。但是老爸到退休年龄了，国家已经给他发退休工资了，每个月有不少呢。其实老爸也是退休之后又干了几年的。但是几年下来，觉得太累了，不想干了。所以就决定自己给自己退休了。顺便帮老妈也退休了。

老妈开始是不愿意的。觉得好好的钱不赚，也不对。趁着现在能动动，也还是要努力努力。但是老爸说:"我们一家四口,分开那么多年了,现在也应该回归了。钱是赚不到尽头的,吃吃用用完全够了。我们应该做好后勤工作,给他们带带小孩,烧烧饭,让他们一心一意去创事业。我们也散散步,养养花,旅旅游,也要好好过过轻松日子。一辈子劳劳碌碌,也应该休息休息了。"

老妈听老爸这么一分析,就释怀了。老妈就是转得快啊。她想了想说:"对!其实退也是进。我们退下来了,作为他们坚强的后盾,让他们没有后顾之忧,他们不就可以大步前进了吗?我们的退,可以加快他们的进。还有呢,像我们这样的年纪,说实在的,身体也在走下坡路,也不能太劳累了。要多休息,多锻炼,这样也是以退为进,看似钱赚少了,但是身体越来越好了,心情爽快了,也是看不见的钱财,更是一种进步。所以,你说得有道理。我们就退下来吧。"

过完年,他们俩就正式自我退休了。我和弟弟把老爸老妈带到杭州来。没想到,他们俩还挺适应。走到哪适应到哪,这才是我的老妈呀!这叫一个大气、见过世面、有些见识的人啊!

弟弟让他们单独住一处,三室一厅,给他们住住够宽敞的了。我会时不时打电话过去问候一下。老妈说,她和老爸,自己烧点饭吃吃,到旁边的农家菜场去买点菜。早饭过后,弟弟会把小侄儿送过去。小侄儿一口一声"爷爷奶奶""爷爷奶奶",叫得他们可欢了。

老爸得意地说:"经过我的教育,他可乖巧了,头脑转得相当快。小孩子就要慢慢跟他说,笑眯眯地跟他说,他都会听进去的。不要急于一时,要看长远发展。"

老妈说:"对! 我们要把好的东西影响给他,不能把坏的一面影响他。你刚才对着他抽烟,就不对。小孩子那么娇嫩,你怎么可以污染他。我们要给他清新的空气。"

老爸就把烟灭掉了。老妈这招真厉害呢,真可谓一石二鸟,既为小侄儿创造了清新的家庭环境,又能让老爸少抽点烟。

我就顺势跟老爸说,烟不是好东西,不要抽那么多,最好不要抽。你要多吃水果,多喝茶。老爸笑着答应了。两个人一天一天过得挺有规律的。吃了饭,带着小侄儿在小区里转转。等小侄儿要午睡了,两个人就陪着他睡一会。

老妈呢,以前是舍不得吃、舍不得穿。好多年的衣服了,还在那里穿,说是没有坏,不能扔。我就给她买了新的。我看老妈是真心喜欢我买的衣服的,花色好看,款式洋气,布料也不错,做工也讲究。我说,现在生活条件好了,观念也要适当改变改变。你的新衣服该添的还是要添。不过呢,你的衣服不准自己买,都让我来

买。你的审美观需要培训。等我有空了,好好给你培训培训。老妈笑着说:"好好好,欢迎你来培训!"

我对老爸老妈说:"你们看,多么好。我们一家四口,现在变成了三个家。多么幸福,多么快乐! 你们俩,大半辈子辛辛苦苦、思思碌碌,现在要好好享受享受。把身体养好,日子过得长长久久。这样,让我和弟弟也放心啊。如果你们身体不好,我们多么难受。如果你们心情不愉快,我们又怎么会愉快呢? 所以,你们为了自己,也是为了我们,也是为了孙子外孙,一定要吃得好,穿得好,过得好,开开心心的,心满意足的,我们才能开心、满足。"

老爸老妈点点头。

我觉得这样真好呢。我和弟弟各有自己的家,老爸老妈住自己的小家。我们三家同城,日日可见。平时各忙各的,不见面。有空了,就聚到一起,吃老妈做的家乡菜。双休日呢,我从这边过去,弟弟从那边过来,捎上老爸老妈,我们欢聚在西子湖畔桃花树下。老妈肯定带着起早做的麦饼啦,螃蟹啦,香肠啦,老爸带着一瓶小酒。我们搭一个大大的帐篷,孩子们在白堤上放风筝。走来过去的人看见了,会说,多么幸福的一家子。老爸老妈又会讲起我和弟弟小时候的那些趣事。

第二辑

卡通老妈不计较

07. 黛玉太固执，欠放松

老妈说："黛玉太固执，欠放松，哭哭啼啼，这种性格不久长。老太太待你这么好，又是自己外婆，有什么好怕的？没里外的呀。宝玉本身也中意你，自己心态放好，眼光放远，大家庭上上下下都搞好关系，嫁给宝玉是迟早的事。多愁多病必然红颜薄命。"

想了想又说："做人不能倒边忖，也要为别人多忖忖，一点小事都不能忍，这人也没什么用。人都是自己把自己害死，都还不识得。"

老妈还是个"红迷"哦。她倒是什

么时候看的呀？

　　"怀你的时候没事情做，我让你爸爸买了一本《红楼梦》，越看越中意。宝玉最后做和尚去，蛮厚的雪，一片白茫茫。"

　　"那老妈你说说看，宝玉怎么样呢？"

　　"宝玉好也算好，这种男人温柔体贴，待你也真心好。只不过，太软弱。少爷公子，只识得吃，不识得做。讲讲难听点，这种人就是寄生虫、吸血鬼。自己不劳动，总要吃空的啊。到关键时刻，自己也保不牢,更不用说保护你。跟绣花枕头蛮相像。心有余力不足,心也白白好。"

没想到,老妈眼界还挺高。那么,《红楼梦》她还看出什么道道来了呢?

"依我忖忖,《红楼梦》讲来讲去,也就一个道理。就是说,人要自己劳动。"

哇,老妈的见解又新鲜又精辟耶。

"你剥削别人,别人总要怨的。看上去高高在上,这样有,那样有,荣华富贵享受不到尽头。但毕竟不是自己劳动得来,都是云,都是烟,一眨眼就不见了。那个成语怎么说?"

"过眼云烟。"

"对,对,都是过眼云烟。贾府灭亡也是必然的事件。"

"那老妈如果你来选儿媳妇,肯定选宝钗不选黛玉的啰?"

"那当然。宝钗身体好,健。黛玉药罐子,讨过来做什么用?宝钗亦好看亦能干,还贤惠,懂大人的心。黛玉小肚里,喜怒无常,都要别人顺着她。宝钗识大体,能忍受,又会吃苦,又会打算。到哪里找宝钗这么好的儿媳妇。"

"这么说,黛玉就没有一点好处啰?"

"黛玉真。诗也写得好。聪明也聪明。"

"那你怎么不喜欢黛玉呢?"

"我是代她可惜。无娘无爸,什么都要靠自己。真虽然真,也不能太真。在贾府里头混,也要讲点手段的。不然的话,怎么保护自己?再说了,好不容易有宝玉这个知己,机会难得,要好好把握啊。反过来,扭扭捏捏,一会儿拿宝玉出气,一会儿又不对宝玉好。你这样闹起来,别人都看在眼里。对自己有什么好处?只能越来越不得人心啰。宝玉还算耐心,换作其他男人,老早厌了。太不省心了。"

"可是作者就喜欢黛玉她清清爽爽、干干净净呢。又纯洁又真心。"

"这一点也值得欣赏。"这是老妈对林黛玉最终的评价。

老妈还是意犹未尽啊:"做女人,不能太娇气。什么都由着自己性子来。仔细忖忖,这种性格的人,都是没福气的,不久长。"

"那么做女人应该怎样呢?"

"做女人要大方。气量要放得大,要为大家族着想,不能只想着自己。稍微有点委屈也要能忍受。古老人讲,杨宗保、穆桂英,打来打去没输赢。夫妻一双,蜡烛一对。他好你也好,你好他也好。共同利益顶重要。跟男人有什么英雄好争?有本事的女人,细声细气,笑眯眯,男人还围着她转。有一种吸引力的。"

哇塞,怎样才能具备这种吸引力呢? 老妈还真深藏不露呢。

"把自己管好,把孩子管好,帮男人出主意。你自己有本事,男人就离不开你。有天大的本事,也要笑眯眯。"

08. 做人不能太敏感

我心想,老妈对弟弟,还是要比对我好那么一点点的,虽然不用放大镜和显微镜根本就看不出来。

本来呢,我跟弟弟岁数相差不多,爸爸妈妈又都没有重男轻女的思想,而且是第一胎嘛,爸爸从小是喊我"囡皇"的,我在家中的地位可想而知。

但是呢,有那么一次,我五六岁、弟弟三四岁的时候,老妈掰了一根油条分给我和弟弟。她掰给弟弟的那一段,分明是"六",而掰给我的那一段,分明是"四"。我就不高兴了,说老妈偏心。

老妈马上就慌乱了，跟我解释："又不是尺子量，又不是秤砣称，哪有这么准的？"

我就哭了，不肯吃油条。我说："那为什么多的那一段偏偏给弟弟，少的那一段偏偏给我呢？再说了，你可以竖着把油条撕开的嘛，这样不就一样长，一样多了？"

老妈赶紧说："老实，老实，这个办法好，下次就这么分。你乖，快点吃！"

从小我就是这么坏的，谁也不能叫我吃亏。我的脾气是这样：我可以让给弟弟，哪怕整根油条给弟弟吃都没有关系；但是作为妈妈，你就是要公平嘛。

而弟弟的脾气是这样：即便老妈把什么东西全部给了我，他都不会吭一声的。从小他就穿着我穿旧了的裤子，背着我背旧了的书包，一点都不知道委屈啊啥的。

我也很爱弟弟的。有一次天冷，放学回来，我看见弟弟穿着我的旧裤子。这裤子他都穿了三年了，实在太短了，脚脖子都冻得乌青了。我马上生气了，逼着老妈给弟弟做了一条新裤子。弟弟自己还是一点感觉都没有。所以这样的弟弟，老妈能不打心眼里、不由自主地多爱他一点点么？

我还逼问过老妈，发现第一胎生的是女儿，她有没有失望

过。我想肯定有的。农村里,谁不希望多生儿子啊。尤其头胎是儿子,就等于有了保障。公婆那里也有了交代,在夫家也等于是扎稳了脚跟,接下去生男生女,就都好说了。但如果头胎是女儿,就会有心理压力,万一第二胎还是女儿呢? 而那时候的计划生育已经渐渐开始了。

但老妈说,她并没有失望。爸爸就更把我当成天上落了。

我就接着问:"难道你就不怕第二胎再生女儿吗?"

老妈又慌乱了,赶紧说:"女儿也好的。"

我又不高兴了,老妈分明在含糊其辞。什么叫"也好的"? 为什么不说"儿子也好的"呢? 我又像分油条那回一样,开始神经质了。

老妈还是推心置腹地跟我说了:"当然谁都希望头胎生儿子。但是头胎是你,第二胎是弟弟,这样的安排也很好。女儿当大娘享福,你从小帮妈妈烧镬、捡柴、洗衣裳、管弟弟,儿子是做不到的。我也想过了,如果第二胎生的还是女儿,那也是命。你也要认命。宁可自己受委屈,也不能对囡坏。"

这样我才放心了些。弟弟当然一片蒙昧无知,他不会跟姐姐抢风头,计较这,计较那。但我那时候想,毕竟你是男孩嘛,天然的优势,优势到不需要争和抢就什么都不会吃亏的呀。

　　但是上了小学之后，弟弟这样的性格，在学校里就吃了亏。虽然成绩好，还被选为全校的大队长，像模像样地主持学校的升旗仪式，但竟有三个霸王花女生联合起来打他，还打出了瘾，每天都会把弟弟逼到角落里去，练练拳脚功夫。

　　弟弟起先不敢说，后来实在受不了，就跟我说了。我立马冲到弟弟学校，就在教室里，当着同学们的面，凭着火气和蛮力，把三个女生给乖乖收拾了。义愤填膺，也畅快淋漓啊。我记得自己还奔上讲台，即兴做了有关自由的演讲。不但如此，我还到老师办公室找到了弟弟的班主任，斥责他没有保护好他的学生、我的弟弟。老师当即蒙了，说，这个一定要制止，你放心，你放心。我那时候就是这么想的，有我这个姐姐在，谁能欺负得了我弟弟？那时候我也就十岁左右，可见我的坏是由来已久的。

　　长大后，也是弟弟性子更细腻、懂人心，用三门话说，就是耐滋滋。我就粗糙多了。老妈累了，或感冒了，躺床上，端茶送药的，总是弟弟。他会坐在老妈旁边，时不时问几句："妈妈，你哪里不舒服？现在好一点了没有？茶冷了没有？要不，我再去倒一杯。"老妈就拉着弟弟的手，摸摸弟弟的头。我看了，就相当受不了。柔情似水、儿女情长那一套，在很长一段时间里，都为我所不惯，甚至是不屑。当然，我也很向往妈妈和弟弟这样亲亲热热、闲话家

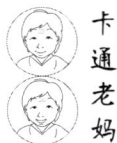

常，但要我去做，又不知怎么去做。虽然我们一家人亲密无间、无话不谈，但我很少主动坐在爸爸妈妈的膝盖上，或者依偎在他们怀里撒撒娇。还是性格太硬的缘故，柔软不了。

嫁了人，生了孩子之后，总算是补上了这一课。但据说，还有可上升的空间。

老妈对我说："做人不能太敏感，不能钻牛角尖。要模糊点，差次点，上落点。这样别人才会放松对你，你自己也落得轻松。你越紧张、越在意么，别人也会紧张起来，就怕你有什么想法。本来都是一心一意对待你的，也反转来心慌意乱。这都是对别人的压力啊，你讲对不对？所以讲，作为女人，该软的时候，还是要软。也要学会宽心，自解自化，没有忧愁也没有烦恼。一句宿话，不能斤斤计较。"

09. 小人大人客

　　老妈对小孩特别好。一旦有亲戚家或者隔壁邻居家的小孩上我们家来，必定好吃好喝地招待。那会儿，并不是家家户户都有水果吃，但我们家水果是长年不断的。那些小孩就喜欢往我们家挤，老妈就会给他们几颗葡萄、一根香蕉，或者把一个苹果切开，几个人分着吃。这些孩子吃得可高兴了。

　　老妈就像个幼儿园老师，养着一堆不是自己孩子的孩子。我说："你整天给他们吃，他们会整天到我们家来。你这样供着他们，他们还不喜欢围着你转呀。"

老妈笑笑说:"反正我在卖水果嘛。别的没有,水果还是有的。你看,我卖剩回来的这些,卖相不大好了,但东西都还好,没有烂掉,也没有坏掉。就是有些挤掉、压掉,样子不那么好了,所以卖卖也是便宜卖了。既然他们喜欢吃,不如带点回家给他们吃。你说呢? 好人落得做。给点别人,总不错。"

这就是老妈的做人原则:给别人多,总是对的。对别人好,也总是对的。没有什么好衡量、好计较的。

但是我呢,总觉得老妈对其他小孩太好了,那把我和弟弟放哪儿啊,我们可是她亲生的小孩,她可是我们的亲妈妈!

老妈看出了我的心意,笑笑说:"你们两个肯定不吃亏。最好的肯定留给你们吃。不过呢,你们天天都有的吃。我们过得比他们好,所以他们要到我们家来。三天五天的,给他们吃一点,你们也不要计较。大家都有的吃,不是更好吗?"

所以呢,只要家里来了小孩,老妈一定变戏法似的从她的大篮子里摸几个苹果、枇杷、草莓、橘子、杏子、李子,洗干净了,削了皮了,一个一个分给孩子们吃。他们吃得可高兴了,嘴里流出甜甜的、酸酸的汁水,直到各自的家长喊吃饭了才回家去。

我又跟老妈嘀咕:"这帮小孩,你干吗这么认真对待呢? 把什么东西都给他们,为什么不藏起来一些呢? 你把东西都分光了，我们吃什么呀。你就不能冰到冰箱里面去，我们自己可以多吃一点的嘛。"

老妈又笑了笑，跟我说："哎，小人大人客。你不要把他们当小孩。不要以为他们是小孩，就随便应付应付。越是小人，你越是要把他当大人看待，要比对待大人更尊重。所以讲，小人大人客。小人更是大的人客，是大客人，更应该好好对待。再讲了，小人天真、可爱、活泼、有趣，我们看着都喜欢。小人不会弄虚作假，全部都是从内心出发。你对他们好，他们知道得很，都会真心实意喜欢你，爱戴你，把你放在心里。你说是不是？"

想想也是。爸爸妈妈对小孩都特别好。自己家里的就不用说了，别人家的小孩，也没有不爱的。

那些小孩也特别喜欢来我们家玩。他们在自己家，被父母管束得这个不能动，那个不能动，来我们家反而自由自在多了。

老妈说："对待小人呢，你就是要把他手脚放开。让他动，让他玩，让他跳，让他蹦。玩累了，他自己会停下来。活蹦乱跳的人活灵，动作快，头脑转动也快，读书肯定好。你把他管得服服帖帖，就把他的创造能力管死了，不合算。乖虽然乖，但是像木头一样，又有什么意思呢？"

这帮小孩子来我们家吃了水果之后，跳绳的跳绳，扔沙包的扔沙包,打羽毛球的打羽毛球,玩得不要太兴奋哦。然后呢,满头大汗、兴高采烈地回家去。这就是老妈的待客之道。在农村,只有她会把小孩提到这么高的地位,所以,小孩们也喜欢围着她转。

有时候,隔壁邻居的小孩还会到我们家吃,到我们家睡。明明自己家近在咫尺,但是她就喜欢待我们家,一待就是一整天。老妈也一点不厌烦,把她脸洗了,脚洗了,跟我们一起睡。

原来,她在自己家,她妈妈老骂她,老打她。家里的生活条件不是很好,她要做很多的活。她家里重男轻女严重,弟弟就是个宝,坐着玩玩吃吃就行了;而她每天要洗衣服,要烧饭,还要被弟弟欺负。

老妈就把她当小女儿一样,只要她想来我们家,老妈都欢迎。老妈还经常劝她妈妈要对自己女儿好,说:"我看,你们女儿将来肯定有出息。她从小吃苦耐劳、本本分分。将来肯定有出息。跟你说,小人大人客。你要好好对待她,尊重她,说不定将来她是你们家靠山嘞。"说得人家一下子笑了。想想自己的女儿还真是挺贴心的,又听话又勤快,是要好好对待。多亏了老妈,他们家对女儿才慢慢好起来。

老妈看着隔壁邻居的这些孩子长大,对他们读书啦,工作啦,找对象啦,比对我和弟弟还关心。因为我们在外,她管不到。

而这些孩子整天在她周围,十几二十年下来,那感情真是太深了。老妈还给他们中的好几位做媒,结了婚生了孩子,小日子过得挺不错的呢!

10. 呆人多愁

老妈的性子，极其柔和，从未看见她生气、发怒、怨愤，简直就是"搓搓滚圆压压扁"。有什么，她就欢喜什么；来什么，她就承受什么。

老妈跟我说："老天都安排好的，一点都不要思思碌碌。烦恼、忧愁，都是多头的。呆人多愁。"

当年我奶奶托了媒人上门去提亲的时候，老妈不是没有顾虑。老妈知道我爸人品好，又努力肯干，但是我爸家穷。她嫁过来，不但有婆婆，还有婆婆的婆婆，这日子不会太好过。但我外婆一眼就看中了我爸，劝老妈："天下难寻是人的心好，家里穷不可怕。他勤力，有上进心，你帮他一把，肯定不会错。人不能只看见眼面前。"老妈就听从外婆的话，嫁给了我爸。

过门第三天，老妈就跟着老爸上山砍柴、下岭挑水。老妈在娘家就当大，从小跟着外婆上山下田。家里的农活啥的，根本就难不倒她。

那时候家里确实穷，我们最早的老家在半山腰上。我爸很有志气，也很努力。他在他的笔记本上，画了他的理想蓝图，他梦想中的新房子，连阳台上种两盆万年青都画上去了。白天，他在工厂上班，下班回来，就到山上种番薯、芋头。晚上，他还接了私活，给个体户加工模具、刻模子。

老妈没有工作，但她也不甘落后。在爸爸的教导下，她学会了踩仪表车，做小五金。

他们俩的努力勤奋、吃苦耐劳在村子里人尽皆知，到现在都有口皆碑。很快，我们家不但造了新房，还买了村里为数不多的电视机。几乎全村的人都带着小板凳坐在我们家院子里看《射雕英雄传》。

记忆中，爸爸妈妈很少很少吵架，都是有说有笑、有商有量的。有时候，爸爸脾气急了，会跟老妈吵，但老妈一声都不吭。这

样,两个人就根本吵不起来了。老妈很能忍,她说:"跟男人争什么英雄?夫妻无输赢,家和万事兴。"等爸爸气消了,回过头来,还不是什么都听老妈的?所以,我说老妈是真人。

后来,国营工厂倒闭,爸爸一下子失业了。当时我和弟弟在读中学,家里也正是用钱的时候。老爸每天扛着锄头到山上去,在他种的一百二十棵橘子树下,思考出路。老妈一点不以为然,劝我爸说:"不用愁,船到桥头自然直。我去卖水果,你有这么好的手艺,一点点都不用愁。广播说解放思想,我们就解放思想。放开手脚,只会越来越好。"果然不出几天,就有人来请老爸合伙办厂。到现在,这个不大不小的厂依然生意繁忙呢。

老妈卖水果,也比人家卖得多,卖得快。顾客都喜欢上她那儿买。看见带小孩的,她就抓一把葡萄给小孩吃。看见老人来买的,她就半卖半送。挑挑拣拣都由着顾客,称好了再拿一个,她也无所谓。但她赚得并不比别人少。老妈跟我说:"做人落得客客气气,你帮着别人,别人也帮着你。不吃亏的。"那些摊麦饼的,卖蔬菜的,卖茶叶蛋的,也会时不时在老妈水果摊前撂下一个麦饼、一捆豇豆、一个茶叶蛋。

对于我和弟弟,老妈就更是百依百顺了。通常是这样,我们寒暑假在家里,睡到将近中午还没有起床,老妈会端着饭菜到我们床前来，说："在外面，也辛苦的。走转来，要享享福。"她都烧好饭了，我们说不想吃饭，一个说要吃年糕，一个说要吃炒面，她马上又去炒了一份年糕、一份面。我们吃着菜，还评头论足。老妈非常谦和地说："欢迎指出缺点，让我好改正。"从小到大，老妈就是这样纵容着我们的。

但若是以为老妈温柔好欺负，那就大错特错了。老妈最恨别人冤枉她，逼急了，管你有权有势，是官是商，她会拍着桌子跟你没完。

若是以为老妈对生活要求不高，得过且过，那也是大错特错。她对我，对弟弟，虽然宠爱有加，但如果我们俩沾沾自喜、自以为是，老妈才不屑一顾呢。老妈说："人外有人，天外有天。一点点本事就抖抖动，笃定不久长。要像芝麻开花节节高，别学孔雀骄傲尾巴翘。"

11. 丑妻高田，无价之宝

老妈说："做人不能怨。你可以伤心，可以流眼泪，但是你不要去怨。怨天，怨地，怨命运，怨别人，你都不能去怨。也不要怨自己。人啦，总有命好命坏，每个人都有能力大小。不要去比较，也不用去羡慕别人，你认为别人爽快，哪里知道他的忧愁，说不定他还在羡慕你呢。所以讲，这山望着那山高，走到山头也不过如此。还不如，自己做自己的，想要稳定就稳定，想要改变就去改变，自己跟自己比，一日比一日好，心里开心，苦也开心；心里忧愁，再富再有，你也不觉得甜。"

　　老妈这么说一通，我们就不服气了。谁不希望自己命好，一生下来一手好牌，这样省了多少奋斗啊。而且一开始就好，心情也更好，肯定会变得越来越好；开头差，心里就不高兴，就没有动力，没有奔头了呀。

　　但老妈说，好也好不到尽头的。生落地就有亿万家产的人，他自己没有感觉的。因为没有比较，所以他没有概念。穷和富，苦和甜，都要尝尝，才晓得什么是味道。一生下来只有甜，他就不知道有多么甜；一生下来就很富，他也不知道有多么富。所以呢，你不要认为他们很值得羡慕，事实上，他们没有一个奋斗和拼搏的过程，坐享其成，根本没有感觉。而且，大富大贵也不一定就是好事。在那样的环境里面，前呼后拥，听到的都是好话，你根本失去判断，很容易骄傲起来，自满起来，看不起人，为所欲为。所以，那些人见着钞票像性命一样，事实上，钞票太多了，你把性命都交给它了。有钱人家如果不好好教育子女，等于把子女都葬送了。

　　那我们就笑开了，老妈不是很喜欢钱吗？多赚一点是一点，数起钱来不是也很财迷吗？

　　老妈说："那可不一样。我是用自己的劳动换来的钱，当然很爱惜了。因为我们从小苦惯了，所以希望多赚点钱，让你们过上好日子。你们也生在普通人家。我和你爸爸也没有什么家产，

但是我们通过自己努力,也想尽量改善生活,不愁吃,不愁穿,也有闲钱。一家人平平安安,够吃够用,这种日子最好了,我都很满足了。我和你爸爸两个人,苦是苦的,上代没有一点点留下来,房子都要自己造,以前还住在山上。我一句都没有怨过,刮风落雨都出门。你爸爸也一样,忙完厂里忙地里,忙完地里还接私活。一点一点积蓄下来,才有了今天。你看,村里那些原先比我们好的家庭,靠祖上留下来的东西吃吃嬉嬉,现在已经远远不如我们。所以讲,坐吃山空是很可怕的。自己不努力,上代给你再多,都要用完。只要自己努力,上代什么都没有留下来,你也可以拥有一切。古老人讲,丑妻高田,无价之宝。老天分给你的,都不要怨。"

"丑妻"我们听懂了,"高田"又是什么呢?

老妈解释给我们听:"谁愿意自己妻子样貌丑呢? 谁又愿意自己的田分在高高山头呢? 这两样按理讲都不好,但是如果你分到了,你也要接受。不要去怨天尤人。换个角度想想,还不一定是坏事呢。"

"怎么不是坏事呀?"我们接着问。

"你想啊,丑妻虽然丑,但说不定人很好呢? 说不定很能干呢? 人有一样缺点,肯定就有一样优点。说到底,老天还是公平的。也告诉我们,不要以貌取人,要看这个人的实质。换句话说,如果长得很美,性格脾气不好,心地不善良,贪吃懒做,不会努力,这样的美人娶回家又有什么好的呢? 高田高田,虽然高了一点,远是远,但是你要想,远了就没有人偷。那些低田里面,种点什么,走来过去的人,总有些人要顺手摘点去的。而且,高田空气好,种出来的粮食更好吃。高田高,猪啊羊啊,不会跑上去把庄稼吃掉。所以呢,凡事都要想想它好的一面。现实已经摆在眼前,要努力把它往好的方向改变。不要用抱怨的情绪让事情变得越来越不可收拾。要怨的人,再好他都有的怨,嫌这样不够好,嫌那样不够完美。这样么,他永远都不幸福。"

听了半天,原来老妈所宣扬的就是知足常乐?

老妈说:"也不只是这个意思。我的意思是,要用力气去改变,不要拿力气去抱怨。用自己的努力来改变目前的处境,当你的处境由于你自己的努力而越变越好的时候,你就很有成就感。你肯定比那些命很好却自己不努力的人有成就感。因为你在建设,你在奋斗。这是一种最了不起的精神。"

12. 要学会不生气

从我有记忆开始,老爸老妈就没怎么吵过架。就是少有的几次,也是很快就和好了。所以,我们童年的基调就是和乐而安宁的。

其实那时候村里夫妻吵架是天天都有的。用很难听的话互相骂,骂着骂着还打起来。那些男人甚至还拿铁锤去打女人,什么样的都有。而那些女人呢,吵昏头了气不过跳河的也有,喝敌敌畏威胁男人的也有。

都为的什么而吵呢? 有些是鸡毛蒜皮的小事情,有些是因为男人醉酒闹事或者是赌博输钱。那个跳河的媳妇就是因为她男人赌了半辈子，把整个房子都赌没了。本来挺好的一个家，就此沦落。那媳妇也是过过好日子的人，就气不过，就整天念叨，数落自己的男人没本事，就知道赌赌赌。男人自己也正悔恨着呢，肠子都悔青了，被媳妇整天这么念着，就像炸开了一个火药桶。吵起来，闹起来，骂起来，打起来，媳妇就跳了河。幸好是大白天，大家都看着，立马就被人救上来了。还有些女人遇到男人不争气，就喝敌敌畏。喝一小口，吓唬吓唬家里人。但是有一个喝得多了点，怎么都抢救不回来。临死前，大哭大叫着："我不是真的寻死，我不是真的寻死，我想做人，我想做人！"

　　老妈说起这些的时候，还是心有余悸的。这些都是她亲眼看见的。这么多年，这个村子里发生的事情，老妈都在观察着，也在思考着。老妈说："夫妻夫妻，一夫一妻，是相扶相持，互相陪伴，过日子的。像他们这样，吵吵闹闹，要死要活，太凶险了！小家庭要过得太平，就要学会不生气。让别人蹦，让别人跳，让他吵，让他闹，你不要理他，他就没有对手。自己出出气，也就没有什么好吵闹了。等他冷静下来，他也会觉得没有必要吵。你以为生气的人了不起啊，眼睛瞪起来，喉咙震天响，要把人吃落去的样子。其实呢，你不要理他，让他自己去摆威风，显能耐，隔不过几分钟，

马上就没有意思了。你凑上去,跟他斗,跟他对着干,那他就有对手了,他就越来越威风,越有劲头。你说对不对?"

但我就不服气了。你说那些男人赌博、醉酒不顾家,让女人跟着受苦,难道不应该生气吗?老妈笑了笑,跟我说:"你以为生气就有用了?要去想办法,想对策。再难都要去解决。生气有什么用?生气生气,把自己气倒了,把全家气乱了。小孩子在这种氛围里面长大,能幸福么?古老人讲,嫁鸡随鸡,嫁狗随狗。以前是瞎眼乱嫁,嫁人就像赌博,你没有任何办法。现在由你选了,眼睛要擦亮。人选好,以后的事情就好办。吵吵闹闹也都是小吵小闹;人选不好,吵死闹死,也有可能过不到尽头。一旦选好之后,你要记牢,对男人,不能顶!要随,要顺。随就是顺。顺着他的意思来,顺着他的特点来。他如果强硬,你就不能强硬。女人何必跟男人争什么英雄呢?你赢了他输了,你还是输了。他如果软弱,你就不能软弱。他缺什么的,你要补上去。看起来,女人是被动的,要顺着男人,随着男人。但是事实上,我们可以把主动权拿在自己手里。怎么拿呢?就是要以柔克刚,以软制硬。你爸爸当然好,有强烈的家庭责任心,一心一意要把家庭搞好,把你两个小人培养得有出息。不多抽烟也不多喝酒,工作努力上进,年年评为先进工作者。田边地头又种得好,钞票赚得也不少。你想想,这

就是幸福了！他偶尔发发脾气，也很正常。你就让他发发。你爸爸脾气我了解得很，火爆燥的脾气，几分钟的事情，你就让着他发，发过头了，人好得很。这么忙，也帮忙洗碗，帮忙洗衣裳。你说还有什么不满足的？所以，我不去分析有理没有理，也不去争论是他对还是我对。只要家庭幸福，夫妻恩爱，我就赢了。我不争也不斗，让事实说话。他回过头想想，也没有什么好吵的，想想你能忍受，能包容，就会对你越来越好。"

　　老妈还真是有一套的呢。她和爸爸相处好了，我和弟弟就有了幸福的家庭，我们全家都好了。家庭里的妈妈是多么重要啊。一个温柔智慧、明事理、顾大局的妈妈不但是爸爸的福气，更是孩子们的福气！曾经有人说过，夫妻恩爱是给孩子最好的礼物。在和和气气的家庭氛围里长大的孩子，相信亲情，相信爱情，会对未来充满信心。我自己就有非常深刻的体会。正是老妈的这种豁达、温和，营造了家庭安宁、温馨的氛围，让我对爱情对婚姻对家这个概念充满向往。

13. 吃小亏是为了大丰收

　　老妈有一个不争理论："争气，争气，越争越气。人一气起来，就不理智，不清醒，就很容易发誓、打赌，说狠话，做恶事。冲动最可怕。你看，村子里那些人，两隔壁因为一点小事吵起来，为了一口水井争来争去。他说是他爷爷挖的，他说是他上代挖的，都不许对方来挑水。吵吵闹闹，结果呢，索性你扔几块砖头，我扔一堆垃圾，把清清爽爽的井水毁了。双方都没得到好处，谁都用不到清爽的水了。这就是损失，双方的损失。还有一些赌场上的人，为一点赌博账，气起来，急起来，把自己手指剁掉。你想想，多么可怕啊。这些人都是独根筋的人，头脑太简单，不晓得为自己着想。真正对自己好的人，就要想一想，怎么做对自己有利。别人也是自己，自己也是别人。人都一样的，你为别人着想，别人也为你着想。哪怕是真正委屈了，也要忍一时之气，要想办法以最好的方式去解决问题，寻找出路。要想想，怎么做最合算。"

不愧做小生意的啊，做生意不就是合理追求利益的最大化吗？老妈算是真正理解了这一点，并且运用在生活的方方面面。

老妈接着说："吃点小亏是好事。为什么这么说呢？大亏当然不能吃，吃了大亏，别人还以为你傻、软弱、好欺负。有些人就见竿子往上爬，越来越欺负人。做人也不能太被动，被别人牵着鼻子走，要不卑不亢。但是呢，我们也要懂得进退。走三步退两步，我们毕竟往前走了一步，总比一步都不走要好。心越凶，越要落空。争强好胜的人，不一定什么都让你得到。等你得到你想要的，可能失去你不想失去的，这也是不划算的。所以呢，要看总分。就像你考试一样，要看总分的。偏科严重，你照样上不了大学，要匀称，总体水平高，才能被录取。做人也一样的，不能只想着一头，非这样不可，就很容易迷失方向，乱了脚步。先看看形势，再想想前途。不要急于一时，也不要困于一地。什么叫作'方

圆''方圆'呢,就是要有周围的感觉,要有集体观念。不能只为自己独个人想,也不要为一点点小利益放不开。要眼观大局,听不同意见。这样,你人就开阔起来了,丰富起来了。你等于借着别人的优点为自己所用,你就会越来越进步,越来越有信心。依我说,抢来夺去的都是鸡毛蒜皮。让一点给别人又怎样呢?让他得点小便宜又怎样呢?吃点小亏没有什么了不起。吃小亏是为了大丰收!"

吃小亏怎么就能大丰收了呢?

老妈神秘地告诉我:"这就是以退为进。你想想看,大家都去争,都去抢,必定要出乱子。出了乱子,大家都不好过。以前为了争一点自留地,还有打死人的呢。这不是两个家庭都毁了吗?被打的死了,打人的坐牢监了。我要是遇到这样的事情,就不会跟别人吵。大家都看在眼里,世上总有公道,也总有人会主持公道。万一神仙都解决不了,那么在自己可以忍受的范围之内,吃点亏就吃点亏,总比酿成大祸要好。在自己可以操控、可以掌握、可以努力的圈子里,你可以努力生活的。还有呢,就是要注重教育,要把小孩子培养好。这个别人也是无法跟你抢、跟你夺的。把夫妻关系搞好,把婆媳关系搞好,把自己的小家庭搞好,这些别人也是无法干涉你的。依我看,千好万好不如人好,钱多粮多不如知识多。所以，我就重视教育，一定要把你们两个培养成人品好、有出息的人。再说了，如果每天就盯着那一点点小利益的争夺，还有什么心思管理家庭、教育孩子呢？所以，老天都是公平的。你在这方面吃了小亏，那方面肯定给你补回去。一点都不要觉得委屈。"

老妈说得入情入理。可是，白白被人家挤对，被人家赢去，有时候还真咽不下这口气。

老妈说："你眼光要放得远。过几年再回头看看，你会发现，这点点东西真不算什么。我们因为这点东西去争夺，忘记了去追求更大、更好的东西，这就不合算了。有些小头，失去就失去。让别人去抢，做自己的大事要紧。我们的目的是最后的大丰收。你不去用力耕种、用心栽培，怎么会有大丰收呢？你忙于自己的大事业，哪里有空闲去为一点小头争争吵吵呢？再说，人还是要忠厚点好，给别人占点小便宜，吃点小亏是有福之人。因为老天会眷顾你。你相信我。"

我点点头，有些相信。我将在实践之中进一步相信，一步一步相信。

14. 逃到我猪栏里的都是我的小猪

老妈实在太善良,在我看来,她已经善良到软弱的地步。她从不与人争口角,是因为她根本不具备这个能力。虽然她平时能说会道的,但是她不会吵架,不会骂人。除非对方实在是欺人太甚,把她都逼急了,她才会恢复能说会道的功能,把人家冤枉她的气一股脑儿全部发出来。到这时候,大家才知道原来老妈也不是好欺负的。

老妈的善良还表现在同情心太重。讨饭人讨到家里来,你给钱不就是了吗?老妈会让她坐下来,给她饭吃,给她钱。

那也罢了,老妈还会跟她聊天:家里哪里的呀? 怎么流落到这里的? 小孩多大了? 你男人干什么的? 对方感激涕零地一个问题一个问题地回答,老妈陪着出眼泪。然后会把家里一些旧衣服、旧被子送给她。人家感激得都不想离开了。

等那讨饭人走后,我就跟老妈说:"你也太同情别人了。天下那么多讨饭人,你管得过来吗? 以后不要再让讨饭人坐到我们家里了。"

老妈对我说:"讨饭人都是可怜人。我们能帮助尽量帮助。谁愿意走到这一步呢,也是生活所逼。我们比他们好过多了,给她一些旧东西,对我们又没有什么损失,对她就很有帮助了。做人也要多为别人着想,碰着讨饭人也是我们的缘分,她求着你,你总要帮她。人都有难处,万一我们自己有难,如果没有一个人帮你,你的心里怎么想呢?"

果然就帮出缘分来了。那个讨饭人见老妈对她这么好,就会时时来我们家。老妈竟然也不厌其烦。劝她去找点活干干,自己努力,就不需要讨饭了。那人点点头,又流下了感激的泪水。老妈又陪着她流泪。

我就说了老妈:"你的心肠也太软了,人家哭是因为日子不好过,你哭什么哭呀?"

老妈说:"我是同情她。独个女人在外头讨饭,实在是可怜!"

这个倒也罢了,老妈竟然还收留了一个知青留下的孩子!那个上海女知青下放到我们这里,跟一个男知青好上了,就生下了一个男孩。这个事儿在当时是被当地人指指点点,大为诟病的。后来女知青返城了,男知青回不去,所以他们是不可能结合的。男知青又找了当地的姑娘结婚,有了他们自己的小孩。而女知青呢,在上海刚稳定下来,一时半会儿还不能把儿子接回去。怎么办呢?她就找到了我们家,要把孩子先寄养在我们家里。村里的人都劝老妈别答应她:谁让她恬不知耻跟人家厮混,无媒无聘,未婚先孕。我想老妈也不至于糊涂到真的收养他。可是,结果呢,老妈拗不过上海知青的苦苦哀求,竟然也是陪着流眼泪,继而就答应把她儿子给留下了!

后来那孩子就跟我们住在一起,老妈视如己出,好菜好饭伺候着他。我们都暗暗生老妈的气,可是老妈一点都不在意。她跟我说:"逃到我猪栏里的都是我的小猪,我都要把它喂好,养好。他也很可怜的,爸爸不要他,妈妈也要不了他。无论别人怎么看他,我都一视同仁。孩子是无辜的,他也有他自己的人生,也要给他一条生路的。你们也要把他当作朋友,不能看不起他。"

过了将近两年呢,女知青才算是回来把孩子接走了。带了一大堆上海奶糖和各种吃的用的给我们，然后泪眼婆娑地抱着她自己的孩子。那孩子跟妈妈完全陌生了，一点都没有要跟她回去的意思。老妈又陪着流眼泪，把小孩的衣服玩具收拾好，让他妈妈带着走了。

过后，老妈也并没有过多地说起过他们。过去了就过去了，老妈不太拿以前的事来说事。但是只要这事儿来到她面前，她就不会不管不顾。她觉得她能伸出手去，也做得到，就要去做。在老妈看来，只要是力所能及的，对别人有帮助的，就是要去做的。老妈把它当作顺水人情，不认为自己有多善良，多伟大，也根本没有想过自己有什么好处，有什么回报。

别说是人了，就是一只鸭子，一只鸡，只要是走丢了，回不了自己的窝了，老妈都会暂时收留它们，给它们喂食吃，把它们当自己的鸭和鸡似的。而且让邻居们传出话去，说自己家捡到一只鸭一只鸡了，谁丢了赶紧来领回去。我知道老妈又会说："逃到我猪栏里的，就是我的小猪。"

果然，还真来过一头小猪。那头小猪小小的，弱弱的，不知怎么就走出来觅食，然后迷路了，来到我们家的小猪圈里。老妈一看，哦，多了一头可爱的小花猪，就叫我们都来看。那小猪黑白间杂，长着一对小扇子似的耳朵，果然是憨态可掬啊。

　　我和弟弟看得笑起来,对老妈说:"老妈,这真的是逃到我们猪栏里的小猪了!"

　　哈哈哈,我们全家开心地笑了。

15. 没有什么是该当的

从小老妈就对我们说："嘴巴甜，有饭吃。碰着人，叔叔阿姨多叫叫。你又不吃亏。人家帮助你，给你好吃的，你要说'谢谢'。多说几次，你又不会亏。小孩子要多笑笑，大家都喜欢看见有笑脸的人。多笑笑，你又不吃亏。你们说对不对？"

老妈自己也是这么做的，对我们，对爸爸，都是笑脸盈盈的。对她的顾客，那就更加笑得欢了。

老妈说："做生意就是要笑。你板着脸，谁会到你摊上来买呢？不但要笑，还要主动打招呼。人和人之间是要讲感情的,你把感情建立好了,生意就成功了。笑就是建立感情最好的方式。笑一笑这么简单的事情,为什么那么小气呢?"

我说:"老妈,笑当然要笑。但是你对顾客这么好,那些顾客还以为你是在求他们到你这里来买呢。"

老妈笑了,对我说:"就算我的笑是求他们,我能够把他们求过来我也高兴啊。我把他们求过来,就等于我有钱赚了。我把钱赚过来,就可以供你们读书。只要你们好好读书,将来就会有出息。你想想看,笑一笑,功能大不大?"

嘿,怎么什么道理经过老妈这么一说,就显而易见了呢?

老妈接着道:"人啦,不能自己看自己很清高,把自己放在高位上面,很痛苦、很孤独的。你不跟人群合拢,你必定成不了事。任何人都是要借着别人的东风,同时也把自己的东风借给别人。别人对你的好处都要记在心间。没有什么是该当的。不是你努力了,就理所应当要收获。不是有句话,叫作'只管耕耘,不管收获'吗?有收获当然好,没有收获也不能怨天尤人。你收获了,难道不应该感谢天、感谢地吗?仅仅凭靠你的努力耕耘,种子也不能开花结果呀。难道不需要日头的照耀、雨水的灌溉吗?所以,农村人把太阳叫作日头佛。把日头当作佛,多少感恩在里头啊!要是没有日头,你耕耘死了,也没有用啊。所以呢,我们也要学会感恩。"

"那要怎么感恩呢?"

"要做到感恩也是很简单的。比如,我们割了麦、收了稻,都要把麦饼和米饭放在灶司老爷面前请一请。过年了,杀了猪,要用猪头来谢年。吃饭的时候,不能把饭粒掉在桌上、地上,这也是感恩。碰着讨饭人,给他一口饭吃,一口水喝,给他一点零钱,也是感恩啊。"

"这怎么也是感恩呢? 讨饭人又没有为我们做过什么,我们又不需要谢谢他。"我不解地问。

老妈说:"你想想看,讨饭人也可怜的。这些外地来的讨饭人,有些是家里发大水了没有粮食吃,有些是干旱地区来的,粮食都晒死了。他们流落到我们这里,我们就要帮助他们。我们这里风调雨顺,粮食丰收,我们也不能不管他们。我们要感谢天地,也要帮助这些没有得到收获的人,这也是感恩。"

"那还有什么是感恩呢?"我接着问。

"还有很多呀。像刚才说过的,要多笑笑。顾客过来买,就是给我送钱来了,我为什么还不感恩呢? 我当然应该笑脸相迎了。我感谢他们选择了我这个水果摊,我也感谢他们帮助我提高了收入。你们也一样的,老师教育你们,你们要感恩。同学们陪你们

一起读书,你们也要感恩。都要和和睦睦的,不能吵吵闹闹。最主要一点,不要认为什么都是该当的。事实上,没有什么是该当的。所以,任何一样得到,都要感恩。然后用感恩的心态去回报对你有恩的人,回报你周围的好人,回报国家和社会。像你们现在好好读书,也是为了将来回报自己的祖国啊。你看,谁供你们读书呢?除了父母,还有国家。你们的课桌凳,你们的学校,你们的老师,都是国家管起来、办起来、请过来的,所以,你们要更努力地读书,读得越好,就能回报祖国越多。"

　　哇,老妈连爱国主义教育都这么与众不同呢。没有什么是该当的,倒是真的。如果认为什么都是自己应该得到的,就会失去谦和之心,渐渐骄纵和顽劣起来。

　　看我若有所思的样子,老妈接着说:"所以讲,笑是一样法宝。这个世界上,最宝贵的东西就是笑。而且呢,笑又是本钱最轻、回报最重的买卖。这一笔生意这么好做,还这么赚钱,你怎么这么傻,不去做呢?"

　　哇,老妈的生意经都算到这份儿上了,真是服了她了。

16. 大家满意，我就满意

　　在我们小时候那个年代里，几乎没有孩子谈吃论穿，要求父母给买这个给买那个的。那是多么可耻的事情！

　　父母对孩子说的就是，什么熟吃什么，给什么吃什么，有的吃都要念"阿弥陀佛"了！你知不知道，过去我们还要吃草根、啃树皮嘞！真是身在福中不知福！如果有几粒米掉桌上不捡起来吃，就会这样数落你：啊哪哪，罪过啊！罪过啊！你个讨债鬼，浪费粮食啊！

　　在我们家，可不一样。当然，老爸老妈也教导我们要珍惜粮食，那个时代的人对粮食有一种朝圣般的敬畏，因为他们都经历过饥饿的年代。虽然在吃穿上面，老爸老妈自己是相当节俭和朴素的，但是，他们会尽自己最大的努力让我们吃得好、穿得好，基本上想买什么就给买什么，只要要求合理，开支也允许。

尤其是老妈，不但宽容，还非常有服务意识。在我们家，我们从小是点菜吃饭的。每天晚上，我们都要向老妈点菜，说好明天要吃什么。果然，第二天的饭桌上就有了我们想吃的菜。我经常点的是小肠卷、马鲛鱼；弟弟经常点的是猪蹄髈、烤鸭和小排。

老妈烧猪蹄髈可是一绝。这个菜在我们家绝对是"保留曲目"，直到现在，只要我们回到老家，或老妈来我们这里，我们就一定能吃到这个菜。

老妈把猪蹄髈整个放锅里，不用一滴水，完全以酒代水，然后放上葱段、香菇干、姜片、冰糖、盐，小火慢慢炖，从吃好中饭炖到吃晚饭。一开锅，炖得烂烂的、亮亮的猪蹄髈，美极了，也香极了！我和弟弟马上拿来筷子，迫不及待地吃起来。经过那么长时间的炖煮，浓浓的绍兴黄酒早已经渗透进每一丝每一缕的猪肉里面。皮吃起来那么丰厚，肥而不腻；肉咬起来毫不费劲，满嘴留香。用我们三门话说，就是"满口漾"啊！

我们一个劲地赞老妈，老妈开心极了。她就看着我们吃，自己很少动筷子。我们催她吃，她笑着说："你们吃得开心，我就开心了。你们吃不完，下一餐接着吃。"

有时候，我们点的是蛋炒饭，但是饭炒好的时候，我们又想吃面条。老妈一点都不觉得烦，三下五除二，又给我们下了一锅面条，自己吃蛋炒饭。

有时候都睡床上了，我们肚子饿了，老妈赶紧起床，走到楼下厨房，给我们烧好吃的。烧好了，端上来给我们吃。

老妈从来都是温柔体贴、无怨无悔。对于我俩层出不穷的小要求，从来都是不烦不腻、有求必应。她总是说："只要你们满意，我就满意。"

甚至，老妈烧了一桌子的菜，还让我们给每个菜打分。我们一边吃着，一边给老妈的菜做出点评。

老妈还说："有什么意见尽量提，我慢慢改进。"我们也毫不客气地在那里评头论足。

老妈满脸堆笑，看着我们吃，她是那么开心。

老妈不仅对我们是这样；对她的顾客，那也是好得没话说。她总是由着那些顾客挑来拣去，每天卖完之后，总有一些损耗，被掰断的香蕉啦，被捏坏了的柿子啦，樱桃啦，猕猴桃啦。老妈最多笑着轻轻地提醒一下，根本不会像其他摊主一样满脸怒气或者大声呵斥。

我说："老妈你怎么这么好性子,都由着顾客乱挑乱拣?"

老妈笑笑说："做生意有小窍门的。第一条是什么?顾客就是上帝。顾客请都请不来,怎么还可以赶走呢?你看他们那些水果摊,哪有我卖得多,赚得多?顾客都喜欢到我这里来买,你知道为什么?因为我把他们当作我的上帝。损耗是小头,卖出去的是大头,怎么可以只看到小头,不顾全大局呢?

"人都不能意气用事,要想想怎么做更合算。心里面要有一杆秤,自己要好好称称。要有小算盘,多想想,多算算。再说了,他们一次两次这样挑挑拣拣,时间长了,就喜欢我这里,信任我这里,到最后,你叫他挑,他都懒得挑了。你看看,刚才过来的几个老顾客,坐车上都不下车,就让我苹果端一箱给他。哪里挑了?哪里拣了?他打都没打开看,就回去了。

"所以讲,无论怎样都要把顾客留住,一步一步让他别无选择。因为重新去信任另一个摊位,也是需要时间和精力的,大家都这么忙,谁愿意整天在那里挑挑拣拣。他们也是刚来买,需要考察和选择,我们应该理解。在我的摊位买水果,无论男女老少,无论老客新客,都是欢欢喜喜的。大家满意,我就满意。大家吃得开心,经常来买,我就赚得更多了!"

　　原来老妈这么有经商头脑！怪不得她总是骄傲地认为弟弟遗传了她善于经商的好基因，而我遗传了她能说会道的好基因。所以，她就认定弟弟的公司将会越来越好，而我的课堂将会受到越来越多学生的喜爱。

17. 也要为国家着想

　　我嫌老妈当年生得少，我们同龄人家里都至少三四个兄弟姐妹，一家人团聚在一块，多幸福啊。

　　老妈说："是啊，我当初也想再生一个。如果生下来，现在也肯定是大学生。"

　　那我问老妈："为什么不生呢？"

　　老妈说："我们家条件不算差，再生一个，完全养得起。我肯定用力培养，养大了就是人才。但是，我们也要为国家着想。生完你弟弟的时候，国家开始实行计划生育。接下去，一个家庭只能生一个。

我们家有了两个了，应该满足了。"

我说："多一个又不多，这么大的国家，又不差我们家多生一个。"

老妈说："这个要自己有觉悟的。国家要为老百姓想，老百姓也要为国家想。你也多生一个，她也多生一个，人就多起来了。人多了，资源就少了，分不遍，对大家都不好。"

村里分田分地，大队到年终了有分红，每家每户都挤破头皮去争去抢，唯恐自己吃亏了。可老妈一点都不着急。分到什么就是什么，得到多少就是多少。大家都夸她落直、爽快。

我却不赞同："老妈，你太好讲话了，小心别人欺负你。"

老妈笑笑说："事实上，都差不了多少。今年委屈你，明年会补给你。大家都看在眼里的。再说了，分东西么，肯定有大有小，有多有少，一只手伸出来，五根手指头也有长有短，你说对不对？国家把粮食分给我们，我们也要为国家着想。吵吵闹闹，又有什么意思呢？再说了，用这个吵闹的时间多做一笔生意，什么好处都回来了。"

她老说"国家""国家"的，我问她："老妈，你看见国家了？国家在哪里呀？"

老妈指着村子里的一盏一盏灯火对我说："国家，国家，有国才有家。没有毛主席，劳苦农民还在受剥削，哪有自己的田、自己的地、自己的粮食、自己的衣裳。没有邓小平改革开放，社会也不会发展得这么快、这么好。家家户户都富起来，就是因为国家领导得好。反过来说，一个家，一个家，千家和万家，组成了一个国，所以叫作国家。没有家，也没有国。国家指明了大方向，也是要靠一个一个家庭去实现的。梦想再美都还是要干出来。没有一个一个老百姓辛辛苦苦、勤勤恳恳地干出来，也没有国家美好的未来。所以讲，国要与家配合，家也要与国配合，互相配合，才能实现共同的目标。大海也要靠小河，千万条小河一心一意流向大海，大海才能满。国家没有方向，小家哪里有方向？小家不奋斗，国家哪里有前途？所以讲，都要相互配合。"

老妈能够这么辩证地把国与家说清楚，真是不简单！

我一直以为国家离我们很远，远到我们看都看不见的地方。老妈却告诉我们，国家就在我们的眼前，就在我们的心上。哪怕是在老爸厂里当临时工那会儿，老妈也老是把"国家"二字放在嘴上。工厂的地上有一颗螺丝，有一张报纸，老妈都会弯下腰捡起来。她说，螺丝要及时捡回来。如果扫地阿姨把它扫走了，当垃圾扔掉了，就等于是浪费了。报纸捡回来，堆起来，可以卖钱。卖来的钱不算多，但是交给厂里也可以派点小用场。

老妈还号召其他家属跟她一起这么干。"我们也要为国家着想。节约总是好的,浪费太可耻。"老妈这样对他们说。

作为从那个时代走过来的人,老妈并不是时代的宠儿。相反,外公被批斗,老妈被辍学,老妈吃的苦头并不算少。这也是她心头的痛。老妈也是有过青春和理想的。她学习那么好,她也曾经梦想过当一个小学老师。但是她的家庭成分太差了,读了小学,就没的读了,更不用说去当小学老师了。

我问老妈:"老妈,如果当年你可以继续上学,你的未来会怎样?"

老妈很认真地对我说:"我太喜欢读书了。没的读之后,我还天天做梦在读书。我小学的成绩都是双百分,全班级、全年级都是我最好。要是继续读上去,我肯定能够考上中专,毕业出来,当老师。"

那我问:"老妈,那你不怨吗?国家这么对待你们,你们难道一点怨恨都没有?"

老妈想了想说:"这也是没有办法的事情。我不怨恨,你也要为国家着想。个人会犯错误,国家也会犯错误。这么大的国家,总有做错的时候。轮着我,我也没有办法。所以我就卖水果,培养你们两个读书。现在你们两个书读出来了,也有出息了,也实现自己的梦想了,也等于我自己实现了一样的。人都是国家的人,我们也要多为国家着想。当然,国家也应该为千千万万个个人着想。不为国家着想的个人肯定没有前途,不为个人着想的国家也立不牢。"

别看老妈没有多少文化,一句句说得可不浅呢。

第二辑

卡通老妈不心高

18. 教育就两个字——放开

远远望去,怎么水果摊前这么多人,今天生意这么好么?

走近一看,老妈一边卖水果,一边又在那儿"讲经说道":"教育讲疙瘩(麻烦、复杂)也疙瘩,讲简单也简单。"

老妈很顺溜地给顾客削甘蔗,同时免费赠送她宝贵的"教育理念"。

"教育就两个字。"

人围得多起来,那些婆、婶、嫂,都停下来听老妈讲。

"依我讲,教育就两个字——放开。手脚放开,让他自己飞,飞到哪搭算哪

搭。人啦,只要一条看牢,千万别走邪路。只要走正道,当官也好,做生意也好,自己开公司也好,给别人打工也好,都凭他自己。读书会读就读,实在读不上,也算数。路也多蛮多,仔细忖忖,还是由他自己发挥最紧要。"

围着老妈的人就说了:"你两个小人都读上去了,你当然无所谓了。"

老妈从容回答:"我两个小人我也没有过分去压,压也压不

牢，都是由他们自己发挥。就好像做馒头、做包子，没有酵母，就发不起来；发不起来，就是死面一团。人也一样，死脑筋的人就没有什么出息。"

"那么酵母是什么呢?"

"酵母就是想象力。想象力丰富，你这面粉就一个孔一个孔，发起来多蛮多。一点点粉，就有无数馒头包子好做。教育就是要发挥小佬人的想象力。只要有想象力，做什么事情都能发挥，都会成功。"

又有顾客来买西瓜，老妈给他挑好之后，又讲开了："一日到夜捧着本书读的人也是死脑筋。就像大棚里栽的水果，总是野外的水果鲜、嫩。露水打着过，风吹着过，都不一样的。人也要走亲访友，四圈八面，都见识见识。听听别人都在讲什么、做什么，对自己也有启发的。你独个人躲在洞里面，外面世界都不接触，等于没有发挥的余地，也要去跟别人比比上下高低，学习学习。"

我是给她送中饭去的，没想到她说得这么起劲。我让她趁热吃了。她一边打开饭盒，一边又吆喝着。围着的那些人，也嘻嘻哈哈地笑着。有些也回去吃饭了，有些竟还围在那儿。

"这么说，就是什么都不管啰?"几个铁杆粉丝继续问老妈。

老妈夹了几口饭菜,慢慢道:"也不是说什么都不管。做人要正派,不能横眼要,不要等天上落。天下没有一个'白'字。自己动手,丰衣足食。这些都是要管好的。管要管对劲,不管对劲,等于白白管。其他方面,比如讲,剪什么发型,穿什么衣服,喜欢吃什么,不喜欢吃什么,这些小方面都随他去。你把他管死了,一点自由都没有,人都一样的,要反感的。一反感么,你讲到死,他都不会听,还嫌你多管闲事。本身他也有学校管,老师管,公司管,社会管,转家里来,也要让他透透气,高兴高兴。心情高兴么,发挥也发得好一点。"

"那依你说,还是要宽松,不能太严格?"

"这自然。我两个小人,从小都由他们嘻嘻哈哈。在布帐里头捉迷藏,滚来滚去,把布帐都滚破,我都不说一句的。我卖水果回去迟,两个小人都自己烧饭,什么粉啊,米啊,年糕啊,就由他们烧。一个烧锅,一个切菜,整个厨房闹翻天,乱七倒八,又有什么要紧?不练出来,饭怎么烧得来?上小学,路远蛮远,我跟他爸没空送。他爸就让他俩学骑自行车,每人一辆自行车,都自己骑车上学的。打风落雨,都要他们自己克服。读书么,也是他们自己读,我又不懂。读大学以后么,更管不着,凭天所断,由他们发挥。本身他们就比你有出息,你还想把他们管死,不是等于越管越退步？我两个小人小小时节，一边读书还一边做生意嘞，我也由他们去。从小锻炼过的人，到大了不怕苦的；从小太顺当，到大了，根本适应不了。他们两个人赚来的钞票我也不要，他们想买什么就买什么，本身也是他们自己赚来的钱。现在的娘爸还是太宠。依我讲，十来岁的人就要学会赚钞票。跟我边上卖卖水果，一日站下来，就知道什么是辛苦，什么是享受。真讲讲，雨打日头晒，卖不出，水果烂了，又要愁；货进少了，欠卖，钞票赚不多。现在进货价格越来越贵了，卖出价钱又卖不高，真把你弄怨起来。"

　　粉丝们终于听得满意而去，老妈的水果渐渐也卖得差不多了。我笑说，等我将来办个学校，老妈就当督导，天天去给老师们洗脑。

19. 有多少本事做多少事情

老妈说："心比天高，命比纸薄。一个人对自己的要求不能太高，因为每个人的基础不一样。你一定要飞得多少高，就是跟自己过不去。人不能跟自己过不去。过不去就是想不通。想不通，就会痛苦、忧愁、孤独，甚至会想伤害自己、了结自己。钻进死胡同里出不来，害了自己，也害了家人。"

老妈说的不是没有道理啊。年轻人当然要奋斗，人生的目标也应该灿烂夺目。但是，理想是那么美好，也并不是只要努力，就一定会实现的。它是一团神光,吸引着我们,引导着我们,让我们靠近它,靠近它,离它越来越近。但是我们怎么也捉不住它,因为它是光。

老妈说:"天上星星,天上月亮,谁都仰头看着它们,谁都想要到月亮边,到星星边,去看一看,去摘一摘,但是谁能摘得回来呢?我们远远看一看就很好了,为什么一定要得到它们呢?"

难道老妈宣扬的就是人生如梦幻泡影、如镜花水月吗?这样,我们又不服气了。我说:"老妈,你的意思是理想和梦想都是空的啰?"

老妈笑笑说:"那也不是的。我的意思是,理想也好,梦想也好,总是那么遥远、那么高,离我们有很长很长的距离。怎样才能缩短这个距离呢,那就是要不断地寻求,不断去接近。一句话,就是要努力奋斗。这都没有错。我的意思是讲,万一没有实现,距离还是存在,那么也不要灰心丧气,努力过,也就心宽了。不要再想不通,走不出来。"

老妈继续道:"比如说,有一个人爬到山顶去摘花。他在山脚下的时候,看着漫山遍野都是花,好看极了。他就不停地往上爬,往上爬,来到山顶,风景更加美好,花也更好看。他一定要摘到山顶上最美的那朵花。结果呢,他就攀岩走壁,不顾一切。其实,这个时候是非常危险的。如果他因为摘花而跌下山崖,那么

他等于为了这朵花失去了生命，我认为这不值得。所以呢，凡事不能太过分，有多少本事做多少事情。适可而止，要懂得停步。不能再往前走的时候，你再往前走就是跟自己过不去。及时回头，停下脚步，就是明智的人。"

老妈这样一说，我们都很赞同。花儿虽然美好，它是理想和梦想的象征，如果能摘到，当然是好，当然是妙。人生在世，谁不怀揣着自己的梦想在奔走，在努力呢？但是，人生总有不如意。即便你努力了，奋斗了，总还有一些梦想是你实现不了的。这个时候，应该怎么办呢？

老妈说："一个人不断奋斗没有错，但同时，也要学会自我平衡。就像自己做自己的医生一样，时不时地检查检查自己有没有生病。要学会自己医治自己。心太高、太凶，走得太着急，必定要跌倒，要受伤。这个时候，就要问问自己，等等自己。你要这样想，一辈子不是一朝一夕的事，今天做不到还有明天，明天做不到还有后天。你把时间赢过来，不是还可以重新站起来奋斗吗？

"再说了，客观因素也很重要。不要认为一切都可以由自己做主。还有一些东西，都是已经定好的。你能改变就改变，实在改变不了，也是没有办法的事情。你走一步算一步，走到哪里算哪里。就算一辈子都完成不了什么伟大的事业、伟大的理想，只要你用心用意地走了，那么也没有什么好可惜、好遗憾的。你完全可以心安理得。你说对不对？

"就像一根橡皮筋一样，你不去拉，它就这么一点长。你拉一拉，它又长一点，你再去拉一拉，它又长一点。但是你死命拉，死命拉，把它拉到尽头，还不放手，还要硬拉，最后的结果呢，它断了，没有用了，你再也不能拉它了，连它原先的那么一点长都没有了，它已经不能扎东西了。

"人也一样的，人都是凡胎，又不是神仙。人的忍受能力也是有限度的。在这个限度之内，人还是人。超过这个限度，人就报废了。你看，那么多人因为生活不如意就自杀，他就没的人做了。自己可惜了不算，家里人多少心痛。所以讲，自己对自己也不能太放松，但也不能拉得很紧很紧，等到拉断了，后悔都来不及。人也跟橡皮筋一样的，要懂得自己去调节快慢节奏，自己去调节松紧程度。一门心思冲冲冲，到最后，把自己都冲走了。还是要记牢，有多少本事做多少事情。心里面甜甜蜜蜜、坦坦荡荡，开开心心每一天，这比什么都重要。"

我们听得点点头。

老妈说："我就希望你们两个不要想怎么样就怎么样，也不要一定怎么样。依我讲，能怎么样就怎么样。不管怎么样，生活都

要幸福,心情都要愉快。你一定要怎么样,结果偏偏不这么样,那你又能怎么样?"

老妈这一连串的顺口溜说得我们都笑了。

20. 千分武艺不如一分命

　　我和弟弟自从大学毕业,就不在老妈身边了。我们一家四口也不常见面。

　　所以每次见面,老妈就抓住了机会似的,在那里念经:"千条万条,第一条你们要给我记牢,身体第一。做任何事情,努力要努力,却不能过分努力。事业啊好,地位啊好,谁不想轰轰烈烈,但是拿性命去代换都不值得!所以呢,还是安安稳稳好。就像爬山一样,爬到哪里算哪里,不要过分去拼。留得青山在,不怕没柴烧。一时半刻比不上别人,不要着急,慢慢来。再说了,比不上又怎样呢?

又不会要命。比上去又怎样呢？又不会更长命。更何况，天外有天，人外有人，你要比是比不到尽头的。索性就不比。古老人讲，千分武艺不如一分命。都不能过分勉强。还是要顺着天意。"

我们知道老妈念经会念很久的，所以呢，就一边看电视一边听老妈念经，一边嗑瓜子一边听老妈念经。我们也不想打断她，因为老妈说得也挺好听的。但我们也不会专心去听，从小到大，我们的"妈妈经"早已成为我们的家庭背景音乐，环绕立体声似的无处不在地在整个家中飘荡着，回旋着。

老妈停下来，问："到底听进去没有？"

我们忙把飘忽在别处的眼神给收回来，赶紧说："听进去了，听进去了！"

老妈又继续道："听到还要做到。光听听有什么用？你不去做，我也是白讲。"

继而转向弟弟："你看你，眼睛血丝斑斑，整日整日熬夜，对身体很损的，知道不？整日只想着网站的发展，对自己身体太不重视了。你要多吃海带，海带防辐射。整日在电脑桌前头，辐射都要把你辐倒。听讲仙人掌也防辐射，你赶紧公司里头放几十盆仙人掌，记牢没有？"

弟弟满口"是""是""是"地答应着。我扑哧笑出来，想象着那些员工在仙人掌丛生的办公室里上班,也是蛮有趣的。

老妈继而转向我:"还是你好。我中意你安安稳稳,书教教,不用思思碌碌。这个年纪了,也要潇潇洒洒、放松放松,不要把自己逼得没有退路。写作啊什么的,你也不要当一回事,想写再去写,不要当成任务。千万不要熬夜去写,夜当作日,听到没有?"

老妈的话怎么好去辩驳呢,你一辩驳,等于是激发了她新的灵感,又将是一顿洋洋洒洒。所以,我除了点头,当然没有其他动作了。

以为老妈要收尾了呢,没想到又转向弟弟:"你讲赚几百万几千万,我都不中意。你肯定要付出代价的。忙忙死,身体都要受损的。哪里有天上落呢? 你看看,这些创业者,因为过度疲劳死,也不是没有啊。亚健康的,满眼都是。年纪轻轻,业还没创出来,命却没有了。你想想看,多少可惜! 所以讲,千万富翁、亿万富翁,在我看来,一点都不稀奇。我们够吃够用就行。有空么,旅旅游,开心开心。做人,做人,人最重要啊。没有人,你怎么去做呢? 家财万贯,你拿性命去代换都不值得!"

弟弟偏偏要跟老妈辩论辩论:"那依你讲,做人就吃吃嬉嬉,游游睡睡,钓钓鱼,种种花,就算数了? 性命这么重要,这么值钱,你就放在那里看看,欣赏欣赏? 一世人就完美了? 人生意义就丰富多彩了？"

我又扑哧笑出来。这一回，且听老妈如何分解。

果然，老妈顿了顿。但老妈的思维反应是很快的。这不，洋洋洒洒地又来了："所以讲，任何事情都不要走极端。不奋斗，当然也不行。做人，做人，还是要做出来。坐那里看看也是一个人，但是跟纸糊的没有什么区别。人还是要去做。做出成果，做出生命的意义，也是给自己一个交代。对周围的人，也是一种鼓励。"

弟弟适时地打了一个响指："所以啊，年轻人还是要拼，要奋斗。没有天上落，所以要自己去努力。不努力，哪里会有什么成果呢？千万富翁、亿万富翁，你以为不需要智慧，不需要努力的？难道你一点点不欣赏那些真正的成功者？难道他们的创业史、奋斗史，一点点都不值得赞美？老妈你说不佩服，谁相信呢？人生就是要去追求，要去飞跃，要在有限的生命里做出无限的意义来。依你这么讲，那些攀登珠穆朗玛峰的人都是傻瓜？都在自己家里混混过，社会怎么发展，人类的历史怎么前进？"

哈哈哈，我们家，每次都是这么高谈阔论的。我们家就是个大论坛。普通话和方言同时进行。两代人甚至三代人各抒己见。

别以为就这么噎住老妈了，老妈可是非常厉害的总结高手。她看着弟弟，不急不忙道："对！我同意你的看法。其实我们是同一个意思。做人要奋斗,但是要适可而止。攀登珠穆朗玛峰我也很欣赏,但是也要量力而行。要是拿自己性命去代换,攀登上去也没有什么意义,攀登不上么更不值得。你可能讲,意义比性命重要,但是天下哪一个母亲会让自己孩子拿性命去换意义呢?我还是要讲,身体最重要,生命最重要。没有身体,就没有一切。教书先生,你讲对不对?"

老妈又把目光投向我。

我说:"对! 我们听老妈的。要努力,但不拼命。要意义,但身体第一。留得青山在,方有鸟语和花香。"

这话说得老妈开心极了,一个劲地夸我:"还是教书先生懂道理!"

21. 做也是为了吃

在我们小时候，大家都不太吃得饱，更不用说吃得好了。小孩子也不能向大人要什么什么东西吃。经常讨吃的小孩是可耻的。更不能谈论吃，不能说这个好吃，那个不好吃，得什么熟就吃什么，给什么就吃什么。不然就有古训来了："嫌粥嫌饭要讨饭。"讨饭人多可怕啊，穿得脏兮兮的，蹲在那里看别人眼色，吃不饱穿不暖。所以，小孩子们很小就被教育了，吃是不能议论的。好吃不好吃，讲究不来，有的吃就谢天谢地了。

但在我们家，可不是这样的。我们不

但能吃饱，而且还享受着吃。老爸老妈通过自己的双手，努力为我们营造良好的家庭基础。我们在饭桌上是可以谈论吃的。这个菜好吃，我们就发出由衷的赞美，那个菜不怎么样，老妈也要我们提出意见。下次，她会改变烧法，让我们吃得更开心、满意。

老妈不认为我们的行为是一种贪吃懒做的行为，可耻的行为。老妈说："贪吃懒做是不对的。依我讲，吃得好更应该做得勤快。你想想看，吃得好，有积极性，心里爽快，肯定会更加努力去做事情。那些贪吃懒做的人就是吃得作起来了，好好的日子不去奋斗，自作孽自吃苦，自作自受。所以，我们既要吃得好，也要做得好。吃的时候好好享受，做的时候要勤劳苦干。"

我们觉得老妈的话对极了。因为老妈在饭桌上给了我们充分的自由，所以，我们觉得在学习上就要更努力。吃了一顿美味的饭菜，如果不做点什么，就对不起这样的饭菜。

老爸就是这么做的，如果菜特别好，他就会犯酒瘾。他偶尔会喝几盅。喝了几盅之后，不是躺倒去睡了，而是趁着酒劲去劈柴，或者修理家里的自行车、电器等。我们在一旁做帮手。老妈看着我们，也会拿毛衣来织。一家人沉浸在劳动的快乐之中。

老妈说："古老人讲，做人为吃，做老爷为香、蜡烛。什么意思呢，就是说，吃是很重要的。做人就是为了吃；做老爷、做菩萨，

就是为了让香客们给他敬献香和蜡烛。"

我在想，古老人怎么这么贪吃呢，竟然说做人是为了吃？难道不为了别的什么更重要的、更高尚的事情？

老妈看出我的疑惑，对我说："你以为吃这么简单呀。吃不但是填饱肚子，还是生活的享受。吃得好，对身体有好处，可以活得更长命。更长命来干什么呢，就是让你来做更多、更好的事情。身体是革命的本钱嘛。你说对不对？所以讲，吃是为了做。那为什么做是为了吃呢？你看，我和你爸爸勤劳苦干，就是为了让我们全家过上幸福美满的日子。第一步，就是要让你们吃饱，吃好。你们吃得高兴，我们就成功了。当然，你们吃这些好东西也不是白吃的，还是要你努力去做。所以，吃和做，做和吃，都是循环的。当你劳累了一天，安安静静坐下来吃一餐饭，你会觉得特别好吃，也吃得心安理得。要是你一天到晚，什么都不去做，不去努力，不去奋斗，不去开拓，那么你自己也觉得不好意思，感觉到没有成就感。对不对？"

哦，原来是这个意思。原来，在老妈看来，人生的意义就是这么简单。吃是为了做，做是为了吃。吃是基础，是需要，是物质保证。要是没有粮食，人们不都饿死过去了？还谈什么做，谈什么建设呢？所以，吃是一切基础的基础。吃是不可或缺的一项活动。

一日三餐离不开吃,说明吃是多么重要。但是呢,吃不是白吃,也不是白吃白不吃,吃了也白吃,吃是为了做,用健壮的体魄、灵巧的思维,去开拓人生,去寻找生命的价值。而且,当我们吃到美食的时候,心里的那种美感和满足感也给了我们无穷的快乐。天公地母养育了我们,土地可以种粮食,天会下雨,还有阳光。自然替我们准备好了一切,只需我们去播种,去耕种,去丰收。丰收之后,才有的吃。要想吃得饱,吃得好,那就要不断努力去做。

老妈说:"贪吃懒做不对,但是太勤力,顾不上吃,也不对。所以呢,做也是为了吃。就算地位再高、再有成就的人,他也要吃。如果风尘仆仆,不把吃当一回事,乱吃乱吃,那么他的身体迟早要完蛋。如果他不能享受吃的美好滋味,那么官再大,我也不欣赏。所以,要吃得好,吃得健康,吃得养生,也是一门学问啊。"

看来,要懂得吃的真正内涵也不是那么简单的呢。

所以,每一餐都不可忽视,每一餐都非同凡响。就是吃,铺就了生命的意义。也是吃,回归了人们的美好念想。谁不想念着小时候妈妈烧的家乡菜呢。莼鲈之思亦是一桩美事啊!

22. 该慢的时候要慢

老妈说："现在提倡慢生活，我感觉蛮有道理。社会发展太快，跟人跑步跑得太快一样的，容易栽跟头。栽了跟头，你不想慢都得慢。你还有可能受伤呢。住医院，打点滴，不是更浪费时间？更严重的，万一一命呜呼了呢，那你就连时间都失去了，等于你自己放弃了时间。所以呢，还是要慢慢来，不能着急。急不来的。"

老妈一席话，真是醍醐灌顶。正所谓"欲速则不达"，任何事物都有它自己的规律，有它自己的时间，我们怎么可以加速它、催生它呢？这样，它就不是原来的它,也不是真正的它了。

但是,老妈不是说要"多、快、好、省"吗?还把外孙取名叫"快快",那又是为啥呢?

老妈说:"那我还希望你再生一个'慢慢'呢!该快的时候要快,该慢的时候要慢。又不是说做什么事情都要快,做什么事情都要慢。再说了,快有快的好,慢也有慢的妙,都要看情况的。不该快你快了,你就快过头了。不该慢你慢了,你就慢过头了。快和慢,都是要具体情况具体分析的。"

哇哦,瞧老妈这道理说的,还是有两下子的呀。辩证的唯物主义观,是牢牢地被她掌握了呀。老妈没上过多少学,但生活还是教会了她很多道理。更何况,老妈是一个多么善于学习和吸收的农村妇女呀。

那么,什么时候该快,什么时候该慢呢?

"做事情不能拖拖拉拉,明明今天能做好的事情,你放着不做,赖赖一日是一日,这就是可耻的。这时候就需要快索索地把事情给做了。勤快,勤快,勤劳的人肯定速度快的。懒惰人不是说他速度慢,而是态度不对,不去做,所以就慢了呀。所以,这种慢是不值得表扬的。还有,别人交代给你的事情,你答应别人的事情,也要快索索去做,要早点给别人一个答复。不要答应么答应

了，做么不去做，让别人失望。"

老妈说得还是无可辩驳呀。

"那么，什么时候应该慢慢地来呢？"我看着老妈。

老妈不慌不忙地回答我："只要你努力去做，就不要太赶进度，不要太拼命。慢工出细活，该慢还是要慢。慢是停下来，好好琢磨琢磨、思考思考，看起来没有在做什么，事实上是为了更好地去做。光是速度快有什么用，最重要的是质量要好。像以前的手艺活，现在都很少有人去做了。那就是因为太慢了，年轻人没有这耐心去做了。像木工、漆工、箍桶、打铁、纳鞋底、缝衣裳、打毛衣，现在都不想去做了。但是，这些东西好啊。机器虽然快，但是手工的质量好，有情有义。你看，市场上围巾那么多，那么好看，买买多少方便，但如果你的朋友亲手织一条围巾给你，织了整整一个月，那是多么深的感情，你的感动肯定不是市场上买来的好比的。这个慢就慢得有意思、有情义了。这慢里面，带着真情实感，除了东西本身以外，还带了其他的含义。所以，从这个角度来看，快是廉价的，慢是宝贵的。"

是啊，慢中有真意。慢是一种优雅的态度，也是一种从容的高度。不急不忧，不慌不忙，临危亦不乱，波澜亦不惊，那是怎样一种气度！那是要修炼出来的一种功夫，也是上了火候的。但是，我们不是怕来不及吗？不赶快往前冲，就没有我们的份额了呀。我们天天赶着赶着，不就是想比别人快吗？不就是想赶在别人面前抓住些什么吗？万一去迟了呢，不是都被人家一抢而空了吗？那我们的存在感和成就感又在哪里呢？

老妈说："其实，慢慢来还更好。真正的好东西，别人是抢不去的。你做得好，虽然慢一点，还是有人愿意等待的。而那些太快速的东西，是不久长的。因为它生产得太快、太粗糙，所以它的生命力也不长。再说了，我们自己也是一件作品，你不慢慢打磨自己，自己也会变得很粗糙。你这么急着把自己一锤子打下去，又有什么好处呢？精雕细琢需要时间，也需要功夫的呀。慢慢积累，积累得厚了，才能有所发挥，有所创造。你说对不对？再说了，人也需要去见识、去发现。春天到了，你关在自己屋里，春天又没有损失什么，你却损失了见识它的机会。这时候就需要放下手头的事情，抽个空去看看花，看看草，欣赏欣赏生活的美好。就是要慢下来，你才有心思呀。一辈子的时间那么宝贵，所以更加要慢慢来。慢是为了更好地生活，生活得更好。你说对不对？"

对！老妈说得就是对。从此，我会觉得绣一朵花，缝一条裙子，去周游世界，都是多么慢慢而优雅的事！慢，是为了我们的人生更曼妙、更浪漫，枝蔓更纷繁，花朵更绚烂。

23. 有风有水才有风水

我难得回家一趟，老妈把手头的水果卖完之后，就决定陪我玩两天，自己也趁机歇歇。

老妈躺在撑椅上，问我："听说北京落雨死了很多人。"

我叹说："是啊。"

"怎么落雨都会死人？暴雨啰。"

我继续说："是啊。"

老妈还是很不解："现在的天气预报这么先进，难道一点措施都没有？明明识得要落暴雨，为什么不事先做好预防措施？"

我说："预防不了啊。"

老妈还是紧紧追问："北京首都，科技这么发达，怎么连这么一点都预防不了呢？"

我笑说："那人家首都还被称为首堵呢。堵车堵得很厉害，整个交通经常处于半死不活的状态。就是不能有效地解决呀。"

老妈突然愤愤地说："依我讲，这摆大城市根本没有什么花头。都是房地产开发过头的结果。你忖忖，农民的田啊地啊，都开发出来，变成商品房，整片城市黑压压，都变成高楼大厦。古老人讲，风水，风水，有风有水才有风水。没有风没有水的地方肯定不是什么好地方。城市里头，密密麻麻的建筑，风啊吹不进，水啊流不通，闷都把你闷闷死。你讲对不对？地下通道都堵堵死，雨落下来，没地方过，所以人只好活活淹死。"

老妈看问题真犀利呀。我继续洗耳恭听。

"以前有一个故事。说的是潮水漫上来，又凑着落大雨，也是作台风的时节。水越升越高，越升越高，把一座小山都漫了一大半，大家都往山光头爬。农民手里呢，拿着好几个馒头；财主怀里，端着金元宝。大水三日三夜都不退，财主肚皮饿死，要拿金元宝去换农民的馒头。财主平时作威作福，把农民踩在脚底下。农民一只馒头也不换给他，财主只好抱着金元宝活活饿死。农民靠

这几个馒头,保住了命。"

这个故事我小时候也听我的外婆说起过。那时候,外婆跟我说:"人到最后时节,馒头比金元宝要值钱。"今天听来,更有寓言般的含义。听听老辈人的话真是没有错。

老妈说:"依我看,东发展,西发展,都不能把土地发展光。身上衣裳口中食,哪一样不是从土里来?钞票再多,国家再发展,到天到地都少不了土地。没有土地,就没有口粮,人到最后就是抱着金元宝活活饿死。古老人讲,一粒米,一滴汗。都没有天上落的东西,你付出什么,就能得到什么。你搜刮什么,肯定也要付出代价。"

老妈依然躺在撑椅上,眯着眼睛,摇着蒲扇,似睡非睡的样子,但思路是相当的清晰。

"你看,我们大湖塘的田都造成高楼大厦,我们的地倒还有一些。这几年,也都荒在那里。现在田地少了,没有人种。所以粮食越来越宝贵,真正的好东西你都吃不到了。那些生意人就趁机弄虚作假,催熟啊,灌农药啊,什么都做得出。你们吃的猪肉都是白惨惨的,饲料喂出来的,鸡么,都是催出来的。所以,我也在忖,我们的地也要种回来,让你们回来也吃吃本乡本土、原汁原味的东西。等我和你爸都退休了,我也把猪、鸡养点回来。你说你们整年在外头,都吃不到正宗的好东西,做人还有什么意思呢?我们就住乡下头,我跟你讲,现在乡下比城市值钱。我们现在水龙头接下来的都是山泉水,喝起来都甜蜜蜜的。我们小院里头,你爸爸种的茄子啊,豇豆啊,番茄啊,都是纯的,一点都没有什么农药的。自己种的东西自己放心。你城市里头寻不着的。所以讲,住人要舒服,做人要爽快。吃不好,住不好,交通不方便的地方,一点意思都没有。"

老妈似乎摇着蒲扇静静地睡着了;而我想象中的20世纪90年代以前的农村生活,在老妈的叙述下渐渐地丰满起来。

24. 城里头的人最可怜

我生活在杭州多年，胃里装的却是家乡的食物。米和面都是老妈从家里带过来给我。年糕啦，粽子啦，老妈自己捣，自己包。还有土猪肉、土鸡蛋，也是老妈从养猪、养鸡的农人家里收集过来的。节假日回去，老爸种的青菜、大蒜和葱也是一茬一茬地割过来，把我们的小车塞得满满当当的。

老妈说，不要嫌弃这些不值钱的东西，家乡的东西，原汁原味，吃了长精神、长智慧。

老妈真是恨不得把整个三门都搬到

杭州来！

　　一会儿打电话过来说："啊哪哪，住到城市去有什么好，家里好东西你都吃不着。好山好水好空气，你都呼吸不着！"

　　一会儿又嚷嚷："我包的粽子、摊的麦饼都没有人吃。你爸爸种的番薯、芋头白白堆在角落里烂掉。啊哪哪，真可惜！"

　　老妈所憧憬的家庭氛围是这样：一家人天天见面，餐餐同吃。她使出十八般厨艺烧给我们吃。她负责辛勤劳作，按她话说辛苦也甜蜜。我们只需要围在餐桌旁吃给她看。看我们吃得喷喷香，她就安心、高兴。

　　而现在呢，吃饭没有气场，只有爸爸和她两个人，你对着我，我对着你，偌大一个家，一楼到五楼，空荡荡、静悄悄。

　　老妈说："你以为城市里的人好，依我忖忖，城里头的人最可怜！"

　　这话吓我一大跳！忙问为什么。

　　老妈不急不慢地说："你想想看，城市里吃的用的从哪里来？都是从农村来！城市人又不会种田种地，也没有田地好种。你们吃的米和粉都是农村供应上来的，对不对？城市人也不可能养猪养牛，养鸡养鸭，你们没地方养，也不允许你们养，对不对？你们也不靠海，鱼虾也是从乡下海上来，对不对？所以讲，农村是城市的源头活水。没有农村,城市就活不下去。"

这样说,好像挺对的呀。但那又怎么了?

"这样,你们就被动了呀!你们吃到的东西肯定不是最好的、最原味的、最鲜美的。你想想看,等把鱼啊虾啊这些活物送到城市里,等你们吃到,它们已经离开大海很久很久了。如果在我们家里头,我们直接到轮船码头买鲜货,那些鱼虾都是活蹦乱跳、透新鲜的。还有呢,现在的家养猪和家养鸡也越来越少,你们的需求量又那么大,所以只好养猪场、养鸡场里去养,饲料喂养的猪和鸡,怎么能跟家养户用番薯喂大的猪和自己找食吃的鸡相比?吃什么像什么,这些东西长期吃下去,人也不清健、不灵活。"

这样说起来,还真是可怜。不用说原汁原味了,现在城市人吃的食物哪里仅仅是不鲜活,更可怕的是食品安全问题。这个不能吃,那个不能吃,我们能放心吃的还有什么?本来天公地母赐予我们粮食保我们活命,祖先又发明了烹饪教我们享用美食,人类经由自己的聪慧和勤劳,从土里刨食,又将食物做得美味,这真是天造地设的喜乐繁华的筵席!而现在,我们的食物却被那些丧尽天良、利欲熏心的商家做成了毒药,一粒粒地侵入我们无辜的躯体!

想到这些,真是不寒而栗!其实在内心深处,我也憧憬过一片蓝天,一汪碧水,一亩希望的田野,经由自己双手耕耘出来的颗粒饱满的农作物。可是,这样的景象恐怕只能在梦里出现了。我们出来那么久、那么远,还能回得去吗?

我望着老妈,无奈地说:"那我们该怎么办呢?"

"所以,叫你们多回家来吃啊。家里面的东西总是安全的、放心的。我也尽量把家里做好的东西快递过去。这样,你们基本上的食物来源都可以保证。你爸爸就负责种点小菜,我就负责收集家养猪肉、家养鸡和蛋。收集到之后,你们趁节假日回来拿。要是长时间不来,我就快递过去。反正快递也递不了多少钞票,人吃得安全、爽快,第一重要。"

这样说了之后,没过几天,就收到了老妈寄过来的红枣、桂圆、红米、花生、米仁、黑芝麻、核桃等等等等。我把这些食物一样一样装在小罐罐里,果然透亮透亮的,是好东西,真货色!

老妈告诉我,红米可不好收集,种红米的农户越来越少,红米的产量又不高。一般都是种起来给自己家人吃了。老妈说我冬天怕冷,手脚冰凉的,就是气血不足。用这个红米煮的粥是最好不过的滋补品了。因此,老妈好说歹说从农户手里匀了十斤过来,寄给我。

喝着这暖暖糯糯的红米粥,想起老妈挨家挨户为我收集这

卡通老妈

些原汁原味的好东西,想起这瓶瓶罐罐的母爱,这些家乡的食物顿时升华为我的精神食粮。是它们,喂养了我的身体,还有我的灵魂;也是它们,饱含着母亲的深情和家乡的厚爱。我这个曾经的乡下人,现在的城里人,装着家乡的食物,也装着城里的梦想。什么时候,城市里也能开辟一亩桃花源,给不能返家的游子?

116

第四辑

卡通老妈良言多

25. 人，要顺着外界来

老妈整天跟水果打交道，跟那些走来过去的顾客打交道，回家还要烧饭、洗碗、洗衣服，管我们写作业。农忙时节，还要跟着爸爸上山落田。"休息"两个字对老妈来说是相当陌生的，更不用说读书看报了。但老妈有慧根，爱思考。所以，她总能说出一些自己的道道来。我们听听，不但有着些道理，而且还挺新鲜。

老妈说："人，要顺着外界来。比如说，今天落雨，你就带上雨伞。今天落雪，你就穿穿暖一点。就算是漫大水、落冰雹，都是天意，不好去埋怨老天，更不要

生气,把自己心情弄得很糟糕,自乱自乱倒。为什么说是自乱自呢? 我发现很多人都是自己把自己吓倒,自己把自己愁死,面对困难,没有想办法去克服,而是情绪作怪,乱了方寸。事实上,只有你去积极应对,寻求帮助,找到解决的策略,就没有过不去的火焰山。所以讲,天无绝人之路。老天对我们,就像父母对小孩一样,都是带着热爱之心的,不舍得见你痛苦的。总有办法带领你走出迷雾,重见天日。"

老妈这么说,好像很有道理。但是老天为什么对每个人都不一样呢? 为什么有人作威作福,有人在街上讨饭呢? 父母对待孩子,难道不应该公平吗? 于是我就这样问老妈。

老妈想了想,说:"公平是一种理想境界。你要做到真正的公平,那也是不可能的。更何况,公平不是等过来的,也要自己去努力,去争取。但是呢,你要相信,手心手背都是肉,说到底,老天还是公平的。善有善报,恶有恶报,也不是骗小孩的。坏事做多了,总归要受到惩罚。一直做好事,大家都会支持你,爱戴你。你要对外界有信心,也要对自己有信心。"

"老妈,你的意思不就是听天由命吗? 这算什么信心? 这不是懒惰的表现吗?"弟弟提出了质疑。

"对哦,什么天啊什么命,这难道不是一种软弱的表现吗?

真正的强者就不能听天由命,而应该去反抗命运!"我也加入了弟弟的行列。这回,且看老妈怎么说。

老妈竟然宽慰地笑了,表扬了我们两个:"对!说得很有道理。当然要反抗!"

咦,这又是怎么回事?我和弟弟面面相觑,不知所以。

老妈慢悠悠地接着说:"我刚才的意思不是说听天由命,给你什么就是什么。我的意思是,要反抗的时候当然要反抗,但是呢,就是反抗,你也要顺着外界来,顺着天意来。比如说,老天要落雨,你不可能让它停止落雨。晴天落雨,都是天意。这是大自然的意思。天公地母,我们一切都要靠天地。天地也是顺着自然法则进行的,也不是乱来的。你看,一年四季,春夏秋冬,每年都是这么过。一日到夜,日出日落,每天都是这么过。那么作为人呢,你就要尊重这种规律,顺着外界的规律来。"

"怎么顺着规律来呢?"我们又问开了。

老妈说:"你看,春天头到了,我们就要插秧播种,因为春天是草木生长的最好时期,你不去种粮食,就错过了最好时机,到冬天你吃什么呢?你要把田边地头管好,天落雨就要把雨水储备好,等到天干旱就拿这些水去灌溉。等到秋天,稻麦都成熟了,我们就要去收割。这都是大自然的规律啊。大自然虽然不会说

话,但是每时每刻都告诉我们宝贵的信息。这就是天意,天意明明白白在那里,你要去听。"

我们都承认老妈说得很有道理。聪明的古人早就发现了自然的规律,然后把自己的生活与自然的规律紧密而完美地结合在一起。日出而作,日落而息。春耕夏耘,秋收冬藏。这是几千年

来的智慧结晶。聪明而风雅的古人还把一年分为二十四个节气，在每个节气里面都闪烁着劳动人民的集体智慧。谷雨到了就要播种，清明到了就去扫墓。就连自然界花草树木、鸟兽飞禽，也是按时而来、应节而动的呢！

"那还要不要反抗呢？"弟弟还是穷追不舍。

老妈笑笑说："反抗是要反抗的。但是反抗要顺反，不能逆反。不能跟老天反，也不能跟自然反。你反不过它们，反反也是白反。你要跟命运本身去反。"

"怎么跟命运本身去反？"这回我又好奇了。

"就是说，你要去努力啊。你被别人欺负，被别人瞧不起，都不要去怨天尤人，最好的办法就是自己努力。改变自己的处境，使自己变得强大，你就会改善自己的命运。你经过努力，经过拼搏，终于有所收获，有所成就，那也会赢得越来越多人的尊重。这就是最好的反抗。"

我们暗暗下了决心，就按老妈说的那样去做！

26. 到哪里都要给别人留下好印象

　　老妈说："人啦,好,用不着多少好;坏,也用不着多少坏。你体贴点,温柔点,比金山银山给他都还要好。你粗心粗气,摆脸色给别人看,心好死也是白白好。你不可能把心挖给他看。所以讲,态度非常重要。态度不好,真心实意都是枉然。"

　　听听很有道理哦。

　　老妈进一步指出："老啊一样,小啊一样,男啊一样,女啊一样,你都要去掌握他的心理。中意什么,不中意什么,都要清爽。比如说,你当老师,你弟弟开公司,我卖水果。学生的心理你总要了解清楚,不然你怎么教育他们? 他们不服的呀。心里面不服么,你讲什么他都听不进去。再说你弟,养那么多员工,这摞人都有娘爸,有老婆,有小孩,怎么就心甘情愿为你打工呢? 也都是人才啊,浙大毕业也有,硕士、博士都有。你讲对不对? 你肯定要让他们觉得有温暖、有前途,他们才愿意拼命去努力,对吧? 我卖水果也一样的。哪搭没的买,为什么就到你这里来呢? 水果也都是一样的水果。你态度好,笑一笑,问声好,上上落落都不要计较,就比人家感觉好,顾客就喜欢粘着你了。"

　　老妈是这样说,也是这样去做的呢。我看她对顾客都有一种迷恋了。那些个阴天、雨天,或者早上八九点、下午一两点钟的样子,少有人问津之时,老妈都在水果摊前守着,还很认真地跟我说:"开店容易守店难。守守,守守,生意就来了。"

　　我笑她,哪里有什么店,不过就是一个卖水果的路边摊。当然,老妈是一直视这个挪来挪去的路边摊为她几十年壮丽的事业的。

　　按照她的话讲,在家里闲着也是闲着,还不如到人群中去接触接触。就像那些菜秧啊,花女(花骨朵)啊,都要到露天下去吹吹风,才长得结实、有灵气。她喜欢跟走来过往的人说说话,说什么都行。那些人也喜欢听她说。她也喜欢跟旁边那些麦饼摊、

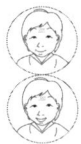

卡通老妈

茶叶摊、饼干摊、桂圆枣干摊的人絮絮叨叨,唠个家长里短:你外孙多大了,我孙子几岁了。你女婿干什么的,我儿子在哪儿上班。他们之间还互换东西,多少茶叶换多少水果,几筒饼干换几个麦饼,都能够清清爽爽、毫厘不差。老妈就更阔绰些,会削了自己的苹果、梨分给他们解解渴。当然,他们也少不了老妈的。

老妈向来与人为善,不喜欢结冤家。她说:"多一个冤家,就是多一个炸药包。什么时候炸你,你是不识得的。你自己忖忖没有错,有些人偏偏不跟你这么忖的。他说三七二十二,你跟他争到底吗,一定要让他承认三七二十一? 那你不是比他更笨?"

老妈的意思是,能避开就避开,即使避不开也要巧妙地解决问题。

"你想,争气争气么,只能越争越气。面子争不着,只能气死自己。所以讲,恶狗远避,恶人远离。再讲,用这么多气力跟别人结怨么,还不如多赚点钞票来,屋买来,车买来,日子过爽快,什么气都争转来。其实,自己过爽快,什么气都没有了。你心满意足了,看别人也会大度起来,恶人也不是天生就恶,你反转来认为他可怜。那么,还有什么好计较呢?"

所以,老妈总是笑眯眯地端坐在水果摊前。晴天,落雨,生意好,生意不好,都不会有怨愁。她的那些老顾客,就是不买水果,

也希望每天路过都能看见她，跟她打声招呼，问声好。如果老妈有几天没去摆摊了，他们就会托人来问，某某这几天怎么不卖了，我缺十斤苹果要供佛用，或是要一筐猕猴桃回礼。其实他们完全可以到其他水果摊去买，市场里的水果摊多的是，但他们就认准了老妈。老妈就应一声，哦哦，回话给传话的人，好好，我现在就去水果行拿，叫他等一等。

　　老妈从小就跟我和弟弟说："到哪里都要给别人留下好印象。手脚要勤力，嘴巴要活络。带一点笑容，带一点好意，自己心情也好，别人望着也高兴。这样么，什么事情都能够不知不觉做

成了。你态度好,说明你诚心诚意、真心实意。你态度不好,好像别人欠你什么一样,别人想帮你忙,都没有积极性。对别人好就是对自己好。这是事实,也是窍门啊。"

突然想起来,老妈所宣扬的即是眼下大家都在说的所谓"正能量"三个字。

那我就问了:"如果你一直都笑眯眯的,人家还以为你好欺负呢,那不是太不合算了?有些人就是这样,你给他点脸色看看,他反而敬畏你三分。"

老妈把摊位上的水果挑挑拣拣,一个一个排整齐,从容不迫地对我说:"那要看你能量足不足了。你自己有货,底气足,你越客气,别人越尊重你。你半桶水,根本没有多少货色,你敲桌打凳,把自己手都敲痛,别人也不服你呀。还讲你没有教养,没有肚量。孙悟空这么本事,天不服,地不服,碰着观音菩萨都毕恭毕敬的。你看,观音菩萨是不是都笑眯眯,一声不响的?"

27. 人哪，最重要是可爱

老妈说："依我看，温柔的人，漂亮的人，聪明的人，能干的人，大家都喜欢。但是在我心目中，我最喜欢的还是可爱的人。可爱的人有一种吸引力，不知不觉就把你迷倒。他不是故意要迷你，但是呢，你就好像被他牵走了一样，不听自己指挥地喜欢他。所以讲，人哪，最重要是可爱。"

哇，这话说的。可爱，可爱，就是可心可意，可人心意，令人敬爱，惹人疼爱。老妈连这个都懂啊！

老妈说："你看小孩子都很可爱。我

们为什么看见小孩子就忍不住要笑,忍不住去抱他亲他呢,就是因为他可爱。小孩子怎么可爱呢? 就是因为他真,笑是真笑,哭也是真哭。饿了就找吃的,吃饱了就高兴。小孩子又那么顽皮,顽皮也是真,是人的天性。人都喜欢放松,不喜欢紧张。一放松就顽皮了,一顽皮就放松了。小孩子是自然状态,天然状态。所以,每个动作都这么可爱。"

那这么说,可爱就是小孩子气啰! 一直保持着孩子般的纯真之气。

老妈说:"可爱有很多种。总的来说,可爱的人要带给别人温暖与快乐。小孩子的可爱是其中的一种。我们也应该保持一点小孩子的天真。什么事情都不要太去计较,也不要去算计别人。太在乎的往往得不到,随它去的往往跑不掉。也不要去议论别人,对别人的指指点点,也不要太当一回事。只要自己心里有数,就好了。这样子,做人就会快乐,会开心,像孩子一样嘻嘻哈哈。心情愉快,做什么事情都快便一点,也容易出成果。想不开的人就是跟自己过不去,钻进死胡同里,出不来。还有一点呢,利益得失不要看得太重,也不要老是放在心上。你看,小孩子很单纯,很容易满足。大人也一样的,你只管做好自己,别人都不会亏待你的。生活也不会亏待你。"

　　这倒是很有道理的呢。功利心太强的人，往往活得很累。斤斤计较的人往往面目可憎。哪里还谈得上可爱两个字呢？

　　那么，可爱还有哪几种呢？且听老妈说下去："我们经常说一个人可敬可爱。敬爱的老师，对不对？敬爱，敬爱，敬和爱是放在一起的。关心他人，爱护他人，做事情有责任心的人，就很可爱。你看那些默默无闻做好事的人，自力更生努力奋斗的人，全心全意工作的人，真心真意对待别人的人，都是可爱的人。他们有些做出很出色的成绩，有些平凡普通，但是只要用心用意去做，真诚努力地完成，那么他们都是同样可爱的人。相反，没有责任心，只想着走捷径，依靠别人往上爬的人就很不可爱。那些偷抢掠夺、伤天害理的人就不但不可爱，而且是很可恶了。可恶就是可爱的反义词。可爱的人就是好人，可恶的人就是恶人。我们当然要做可爱的人。如果能够做到让别人发自内心地喜欢你、欣赏你，那么你就是一个可爱的人。如果还能做到人见人爱的话，那么你就是最可爱的人。"

　　这么说起来，可爱还有等级和层次呀。层次越高，等级越高，那也就越难做到。

　　但老妈又说了："用不着刻意去追求。你就发自内心，自我发挥就可以了。碰着事情认真去做，碰着需要帮助的人尽自己一份心意去帮助。总归呢，自然而然去做，就对了。不是讲一定要成为怎么样的人，应该是在平时的点点滴滴之中，慢慢学会去做人。做人做人么，就是要做成一个人。生落地就是一个人。但是，就像一个空杯子一样，需要用水来装满。慢慢长大就是慢慢往里头装水。你这水要清，要纯。这样，你的杯子才有价值，有意义。如果是浑浊的水，甚至是恶臭的水，那么这个杯子就报废了。一个可爱的人，要懂得让自己全身心都清清爽爽、干净整齐。这样，才算是做成了人。不然的话，永远是一个懵懂无知的人，不算真正的人。这水还要丰富，里头要藏着你的知识，你的见识，你的情趣，你的意义。这样的话，人生的杯就是一个奖杯。到老的时候，你自己也觉得美好、满足。"

哇，老妈说得太诗意了耶！我看老妈就是一个可爱的人，一个很可爱的人，一个最可爱的人。可爱的人，身上有一团光芒，全身都充满爱与美的气息。可爱的人虽然文化不高，整天卖着水果，粗衣便服，穿得也不鲜亮，但她的真心真意和智慧的言语一直闪烁在我的周围，照亮我的前路和未来。

28. 做人要卑微

　　从小老妈就对我们说："做人一定要卑微。不能看不起别人，别人就算再差，也有他闪光的地方。我们要把他的长处学过来。你把这个人的长处学过来，把那个人的长处学过来，你就会越来越厉害。如果你瞧不起这个人，瞧不起那个人，你就永远不会进步。我感觉到做人要卑微，要像小草一样。"

　　我不服气地说："小草有什么好？被别人踩，被别人踏，走来过去谁看它一眼！你自己卑微，人家才不把你当回事呢。你以为是谦虚，人家以为你没用，把你踩在脚底下。做什么不好,要去做小草!"

老妈笑笑说:"我当然希望你们能够做大树,参天大树。大家都看着你,也得到你的好处。大树长得高,长得大,大家都来参观,大家都喜欢坐在大树脚下。大树脚下好乘凉嘛!"

弟弟不解地问:"那妈妈你为什么还让我们向小草学习?小草有什么好学习的?"

老妈摸摸弟弟的头,说:"我是要你们学习小草的精神。小草看上去微不足道,事实上,哪里没有小草呢?小草的生命力那么顽强,我们眼睛看到的地方,都有小草。小草为什么活得那么长远,活得那么广阔呢?就是因为小草很卑微。你看,这个人踏,那个人压,小草都没有低头,没有弯腰。虽然一下子被踩扁了,但它伸伸腰,又重新站回来。一年四季,绿了又黄,黄了又绿。别看冬天里,它看起来毫无力气,都快要死过去,但是只要春天头一到,它马上醒过来。比谁都醒得快,醒得活灵。所以古诗里面说:'野火烧不尽,春风吹又生'。这就是小草的精神,小草的坚强。"

"小草为什么能够那么坚强呢?"我们继续问。

老妈说:"就是因为它卑微。被人家踩一下也没关系,被人家瞧不起也没关系。你看它,贴着土地生长,最卑微、最低调了,没有像其他植物那样高高在上。它想,你们有你们的空间,我有我的地盘,你们眼睛望着蓝天,我就守着这片土地。你不要以为小草卑微是没有智慧,小草的智慧可不简单。"

哦,小草还能有什么智慧?我们好奇地看着老妈。

老妈卖了个关子,问我们:"你知道它为什么不跟人争,不跟人夺?"

"因为它争不过别人。"弟弟脱口而出。

"因为它不想争。"我这么回答。

"你们说得都对,因为争不过别人,所以就不去争。但是呢,你说它不争呢,它也争的。它争的是别人看不见的那部分。别看小草那么小,那么一点点露在地面上,它在地下面的根可深了呢。它把根扎得那么深,所以它就能站得稳。而且,小草的卑微还是它的自我保护呢。你看,那些高高在上的植物,都要经过风吹雨打的淘汰。高高在上的植物,往往要被风刮断,被雨打断。雪落得厚、落得重了,还能够把树枝压断。但是你看,小草依然稳稳地站在风雨之中,不动不摇不慌乱。为什么呢?因为它低,风雨打不着它,它贴着地面生长,大地母亲会保护它。那些花早就被风雨摧残,但是小草永远不会被压断。所以,高虽然看起来很好看,很壮观,但是越高也越危险。所以呢,不做大树做做小草,还可能更好。"

原来这么毫不起眼的小草在被老妈赞美之后，也渐渐地可爱起来。所以我们开始为小草担心了。

"但是小草这么矮小，它的养分也会更少啊！那些阳光雨露肯定是先给那些长得高的植物，才能轮到小草啊！"弟弟说。

"这又是小草的另一个智慧。小草一点都不娇气。贱生贱养就能活。它的养分来自雨水、日头，也来自土地。有了这三样，它就能整片整片地生长。人都不要怕别人把你忘记了，只要你脚踏实地，别人都会尊重你的。你看，日头啊好，雨水啊好，也没有少掉小草一丝一毫啊？慢一点，总能轮得到。外界的养分很重要，自己的生长更重要。做人也一样的。不要怕别人把你委屈了，对你冷漠了。真正努力的人，坚强的人，大家都看在眼里的。你只要去努力，老天都会帮助你。你自己不努力，老天帮你也没有用。"

啊，老妈就像一个哲学家。她滔滔不绝的小草理论把我说服了。可是，我还是嫌小草没有花儿漂亮。谁不喜欢娇艳的花朵呢，谁会一眼看上毫不起眼的小草呢？

老妈说："你要去做树，做花，都可以，都各有各的好。我的意思是，无论你做哪一种，都要学习学习小草。我们跟植物不一样，生好就不能改变了。我们做人依然可以像树一样高大，像花一样美丽，像小草一样卑微的呀！你说是不是？再说了，小草也

有小草的美。它用绿色装扮着大地,难道不是一种美吗? 有了小草的底色,花才更加美丽,树才更加挺拔,世界才丰富多彩。"

　　这下我们点点头,像两棵小草,彻底被我们大地般的母亲给折服了。

29. 逢贵则贵，逢贱则贱

老妈说："这撂人忖不通。望着钞票多的人，眼睛都抒转来，闪闪亮。讲事实，别人钞票多，与你什么相干？又不会分点给你。反转来，对穷苦人家好点，他们还见情。"

哇，老妈一语中的，把"趋炎附势"的世人本质都点到痛处了。是哦，跟着权贵后头跑的人，未必能得到什么好处，反而被厌弃踩上几脚倒也是常有的。

"古老人讲，逢贵则贵，逢贱则贱。"老妈交代我八字真言。

"这撂人自己当点小官卵，就抖抖

动、鲜咄咄，耀武扬威，笃定不久长。没有什么好怕的，哪一日倒下来都不识得，比我们远远不如。天下人总讲一个理字，只要自己有理，皇帝都不怕。路长蛮长，远蛮远，只顾往前走，没有什么好怕的。越敲桌打凳、喉咙响的官，越是纸老虎。不要把他当一回事。你越显得憋屈屈，他越把你望不上眼。"

按我理解，老妈率先讲解的即是"逢贵则贵"，遇到权贵时，我们也要有高昂的头颅、高贵的气质，要有傲心傲骨，绝不奴颜婢膝。

"碰着那些比自己穷苦的人，千万不要觉得自己了不起。贱的人有贱的人的福气，什么时候改变起来、发达起来，都不一定的。好帮就帮一把，帮不上忙也不能看不起。别人困难时节你帮助别人，同情别人，这是一种真情，无价之宝。"

老妈这一段讲的即是"逢贱则贱"了。遇到境遇不如自己的人，我们也应该设身处地地为对方着想，不能显得自己很高贵，其实低贱者更有一颗高贵的心。

"这摞人都是逢贵则贱，逢贱则贵。都反转来，颠倒颠。"

想了想，还真是呢。看见有权有势的人，一个劲儿冲过去、围上去，点头哈腰的人还少吗？而看见不如自己的人，马上就是另一副脸孔，趾高气扬起来了。所谓"媚上欺下"是也。

卡通老妈

　　"这摞人等于没有自己的立场,站不牢。总有一日,两头都不讨好,不久长。人要望得远,一辈子不是这么简单的,总有起起落落。想长长远远、稳稳当当,就要靠自己,要有自己的立场、自己的本事。靠别人都靠不到头。"

　　"在外面混,你这八个字记牢,就不会错。"老妈就是这样交代我和弟弟的。

　　后来,我还悟出了这八个字的深一层含义。人碰到什么样的处境,就要适应什么样的处境。当你处于优越、高贵的环境,你要能最大限度地吸收顺境带来的有利条件,也最大限度地抵制顺境带来的不利诱惑。这何尝不是一种"逢贵则贵"?而当你处于凌乱不堪的逆境之时,你更应放下身段,以一颗卑微之心自强而不息。这又何尝不是"逢贱则贱"?这八个字代表了生命的长度、厚度和韧度。无论怎样,百折不挠,处变不惊。鲍鱼、鱼翅是一餐饭,紫菜汤、榨菜包也是一餐饭。不嫌弃,也不得意,甘之如饴。

30. 又要慧又要耐

老妈对女孩子的要求其实挺高的。她不认为女孩子只要乖巧温顺就可以了。她认为女孩子要能干。用家乡话说，就是要"慧"！能干的人叫"慧人"！慧就是有慧眼，有慧心，很聪慧，有智慧。

老妈当然不懂得用造字法跟我讲"慧"这个字，用扫帚经常打扫自己的心，那么这颗心就会变得清澈而丰富，"时时勤拂拭，莫使惹尘埃"。

但老妈会说："慧就是要灵，要动，要活泼。遇到事情要多想想，眼珠子要多转转。心里面也要多盘算。怎么做更加恰

当妥帖,更加合情合理,都要经过脑子好好想一遍。做人就是从做事情中看出来。事情做得怎么样,就说明你做人做得怎么样。同样做一件事情,有些人就可以把事情做得漂漂亮亮、清清爽爽。有些人就拖泥带水、混混沌沌,就是因为他思路不清爽,没有想好方法,也没有落实好行动。那些做得好的人就是慧人。慧人是有智慧的人,他是用头脑、用心意去做事情,所以他肯定做得比别人好。"

先前老妈不是说,不要算来算去、斤斤计较吗,怎么又要盘算盘算呢?

老妈说:"叫你盘算,是让你心里有一个小算盘。要把事情策划好,规划好,打有准备之仗。不能临上轿,要解尿。手忙脚乱,笃定做不好。诸葛亮为什么每次都能赢呢,就是因为他会谋算。羽毛扇一扇,办法就扇出来了。空对空,都能把敌人赶跑。这就是真正的慧人!"

哈哈,老妈说的这个"空对空",指的当然就是诸葛亮的"空城计"了!

我还是有问题要问:"那为什么太能干了又不好呢?"

老妈说:"太,就是过分了。真正能干的人,不会让别人觉得有压力。相反,他有一种魅力。太能干的人,就是什么都要抢先,争分夺秒，争强好胜，不给别人机会，喜欢自我表现、自作聪明，时时刻刻想在人堆里头拔尖、出彩，不顾及别人的感受。这不是真正的能干。真正能干的人，容得下别人比自己更优秀、更完美，能虚心接受别人的意见。真正能干的人，地位越高越能反思自己，还能低下身段，不断向别人学习。你看，珍珠都是发出淡淡的光彩，不刺眼睛的，让人看着很舒服，忍不住多看几眼。花也是发出淡淡的香味，不刺鼻。太刺鼻的，我们就受不了。人也是一样，真正能干的人，并不是强势的，高高在上的，威风凛凛的，而是以理服人、以德服人，以他自身的魅力让别人觉出他的美好，发自内心地要向他学习。"

那怎么才能成为这样的人呢？

"所以古老人讲，又要慧又要耐。耐就是耐心，不着急，不慌乱，不凶险险，不跳跳动，行为举止都有一种风度。像诸葛亮一样，挥洒自如，稳重大度，不显山露水。真正派上用场呢，点兵点将，用兵如神，有一种魄力和气度。这就是大大的智慧，真正有本事的慧人！"

哇，老妈说得真好。看来，诸葛亮是她最崇拜的人了，没有之一。那说来说去还是男人呀，女人怎么个"慧"怎么个"耐"呢？

老妈说："女人么，更要懂得慧，是一种内秀，肚里慧。表面

上根本看不出来,重要时刻露一手。也不是为了表现自己,显扬自己;为了家庭,为了大家族,也是为了自己。不要争一时半刻的输赢,要学会忍耐、坚持。最后的胜利才是真正的胜利。要守得住云开见月明。耐还是一种耐力,坚忍不拔的意志力。你以为当女人这么简单啊?有时候比男人更吃力。既要生孩子、管孩子,还要拼事业。所以,就要有智慧,才能做得好,做得久。又要有意志力和承受力,才能立于不败之地。不是说,要入得厅堂,下得厨房吗?就是要每样都来得,都能干。谁不喜欢能干的人呢,能干的人能够创造,能够建设,给别人带来好处和利益。你对别人有用处,也是你的价值。当然,我们也要尊重自己的价值。要把价值奉献给值得奉献的人。你说对不对?"

听君一席话,胜读十年书!老妈的经验是从生活之中来。生活是最好的老师。但是做起来不容易啊。

老妈说:"就是要平心静气地慢慢琢磨,一辈子时间长着呢。边做边想,边想边做,一点点进步,一点点前进,你就能实现。"

嗯,老妈总是给人希望和勇气,让人向往光明,不畏前路。

31. 奉圣旨读书

老妈自己当年读了小学就被迫辍学,后来生下我们姐弟,就发誓要让我们俩好好读书,做个读书人,吃工作饭。按老妈的话说,她自己考试成绩都是百打百的,却由于家庭成分差,眼睁睁被学校赶回来。而那些读书差极了的,却能够一级级地读上去。他们偷懒不肯读,老师还上门求他们读。

老妈言语中有不平,但没有愤愤。她把她全部的梦想寄托在了两个孩子身上。所以,她对我们两个的教育是非常重视的。重视到什么程度呢? 比如,爸爸让

我们去烧火,老妈马上拦住:"别叫他们,他们要写作业。"我们说作业写好了。老妈说:"那就去看书。你们两个人什么都不用做,奉圣旨读书!"我们只好毕恭毕敬坐回去,拿出语文书来读。

但我们很喜欢做家务活。小时候,哪有什么煤气灶,大家烧的可都是土灶。一口大锅安放在土灶中央,锅下面就是烧火的地方。先是用木屑、刨花引火,这火是拿来铺垫的。等这层火稳固之后,就把厚厚的、一条一条的木柴往上叠。要交叉叠,这样烧起来有空间,火能够蹿上来,不然就容易灭火。柴火烧出来的米饭特别香。其实做做家务活也是很有成就感的。看着锅底下红红火火、轰轰烈烈地燃烧着,听着锅里面的肉汤咕咚咕咚响,幸福感油然而生。

后来我们还要跟着爸爸去上山。老妈又拦住了:"啊哪哪哪,都怪你爸爸,什么都依着你们。你们两个别上去,只管奉圣旨读书。书读好,什么都有;书不读,什么都没有。听到没有?"

我们俩不知道"奉圣旨"是什么意思,每次见老妈说这话时满脸的严肃和认真,就只好乖乖地拿起书本来读。她几乎天天念叨这几个字,放在嘴边当作口头禅。我们也把这三个字听得像我们家人似的,熟得不能再熟了。我们问老妈,你天天让我们"奉圣旨读书""奉圣旨读书",到底是什么意思啊?

　　老妈这才发现很有解释的必要，于是跟我们说："奉圣旨读书就是皇帝叫你读书。你想想看，皇帝的话，你能不听吗？所以呢，就要好好去读书。意思就是奉了圣旨去读的，其他任何事情都放一边，一定要把书读好。"

　　哦，我们这才想起来，电视里播放的那些宫廷戏，总会来上一句"奉天承运，皇帝诏曰"。这个念的就是圣旨了。圣就是圣上，也就是皇帝；旨就是旨意、命令。也就是要拿读书当圣旨，就像皇帝要你去读一样，无可推脱、不可辩驳。

　　但是呢，我们还是朝老妈做了做鬼脸，扛着小锄头跟老爸上山去了。当然我们还是每人捧了一本书做做样子，省得老妈又在背后念"奉圣旨读书""奉圣旨读书"。

　　到了山上，我们可就不管这些了，一头扎进茂盛的茅草丛中，用柴刀砍起柴来。为了防止受伤，爸爸早已经帮我们戴上白色的毛线手套。

　　我们当然不是正劳力，纯粹去玩玩的。一会儿不想砍柴了，就去挖番薯。番薯也是不好挖的，它藏在土里看不见，得用锄头去试探：用锄头在番薯藤边上左敲敲右敲敲，感到实沉的那说明下面有番薯，如果是宽空的，那就没有番薯。这样就能够准确地判断番薯在哪里。但锄头锄的时候，要在番薯的边缘锄，不然照着番薯所在的位置一锄头下去,番薯是被锄到了,但已不是完整的番薯,早已被锄头锄成两半了。

当晚霞映天的时候,我们就挑着亲手用锄头挖出来的番薯,兴高采烈地回家去。

老妈又在念了:"快点! 快点! 赶紧写作业!"

我们笑着回敬她:"知道,知道。我们是奉圣旨读书。"

爸爸就在旁边说老妈:"小孩子也要到山里田里接触接触,也要懂点生活知识。光光读书,就是死读书,有什么用?"

老妈说:"对! 只要把书读好,你们都可以去玩。每次考试都95分以上,我什么都不说。"

看,还是老妈赢了吧。

我们也不敢松懈啊,既然是奉了圣旨读书的,那真的要好好读。所以基本上也没有让爸爸妈妈失望过。

后来我们也狡猾起来。老妈叫我们去小店买酱油、老酒什么的,我们不愿去的时候,就看着书,头也不抬地说:"姆妈,我们要写作业,要读书。"老妈忙说,对对对,不能影响你们写作业,我自己去。

这道圣旨一下就是十五六年,我们读啊读,从小学读到中学,从中学又读到大学。只要说到学习上、读书上的事情,老妈就无条件支持。她老是羡慕地看着我们，语重心长地说："你们有书读，多享福啊！我小时候做梦都想读书，就是没的读。你们两个是奉圣旨读书的啊，一定要读出花头来。你们只管读，只管读，一切梦想都能实现。"

　　哈哈，原来老妈就是我们的皇帝，好好读书就是她颁给我们的圣旨。

32. 劳动最光荣

　　一般情况下，老妈是不会让我和弟弟帮她做事情的。她一个人忙前忙后，卖水果回来还给我们烧晚饭。以前没有煤气灶的时候，她先往土灶里塞柴火，再到锅前来烧菜。发现火不太旺了，又回来塞柴火，火旺起来了，又回去烧菜。她几乎从来不叫我们俩去塞柴火，只叫我们好好写作业，作业写完了读书，书读完了就预习新课文。她总说，读书最重要。

　　但是呢，到了农忙时候，上山割麦子啦，下田割稻啦，家里就忙不过来。老妈自己很能干，老爸不用说也是很吃苦耐劳的，他们都要到田边地头去。割麦子还好，一整天下来也就完成了。可是割稻子是在热辣辣的暑天，要避开午后毒辣辣的太阳光才行。最好是凌晨三四点出发，割到中午前回来。爸爸妈妈都要去田里，家里就只剩下我和弟弟。一个呢，老妈也不放心我们在家待着，另一个，反正也是在放暑假，不用上学啥的，她就会把我们俩也带上。

这时候，老妈的口号是：劳动最光荣。老妈说，人吃五谷长大，要认识它们，跟它们亲。自己亲手种过，吃到嘴里的感觉都不一样的。所以我忖忖，你们也应该到田里去干干活。哪怕算不了什么正劳力，当个小帮工也不错。

于是在夏天的后半夜，爸爸妈妈把我们叫醒，我们迷迷糊糊地躺在手拉车的麻袋上面继续睡。路边的风凉凉的，还能听到夏虫的一两声鸣叫。路上竟然也有不少的人，都是赶着去割稻的。农忙季节，村里也是热火朝天的景象。远远地听见有人哼着小调，有人在轻轻嬉笑，也有人在喊着家里孩子的名字，也有不少孩子参加这样的劳动呢。

过了半个多钟头，爸爸妈妈拉着手拉车，到了我们家的田里。天不再那么黑，开始蒙蒙亮了。再接着，天色一点一点白起来，亮起来，真像书本里面说的"东方露出了鱼肚白"。

爸爸妈妈把麻袋放下来,铺在田边,让我和弟弟继续睡。老妈说:"你们继续睡。我和你们爸爸先割一会儿,你们等会儿醒来帮着打稻子。"我们两个根本没睡饱呢,于是又呼呼地睡着了。耳边传过来"唰唰""唰唰"一片又一片的割稻声,此起彼伏。夏虫的鸣叫也越来越响亮起来。

再等我睁开眼睛的时候,爸爸妈妈已经割倒很大一片了,一堆一堆的稻穗子整整齐齐地排在那儿。爸爸说口渴了,我马上给他倒水。趁着爸爸喝水歇会儿的当口,我拿过爸爸的镰刀,学着大人样,蹲下身子,割起稻子来。爸爸跟我讲了割稻子的要领,眼睛要看准,左手握紧稻秆,右手握紧镰刀,刀子快,小心别割着自己的手。我一下子就能割了,渐渐地割得熟练起来。于是爸爸就自己另外拿了一把镰刀,他的那把就留给我割了。

这时候弟弟也醒了。看见我在割稻子,他也很好奇,也嚷嚷着要割稻子。老妈就过去教他。不一会儿,我们全家四口全部在那儿"唰唰唰"地割稻子。老妈说:"劳动最光荣,我们趁着现在风凉,尽量多割一些。等到太阳大起来,我们就躲到树荫下面打稻子去。"

我和弟弟干劲十足,一点都不觉得累,等到太阳出来,我们也已经割了一小片稻子了呢。爸爸妈妈更加快了速度,一会儿都不休息,要趁着太阳最猛烈之前,把自家的稻子割完。

我和弟弟也不由得加快了速度。这时候,我抬头一看,整片整片的田野上,都是村里的邻居在割稻子。大家全心全意地弯着腰,一把一把地把稻子割倒放下。眼看着成片成片的稻子轻轻地伏倒,留下一个空旷的田野。

这一片就是我小时候希望的田野。我们经常在寒暑假跟着爸爸妈妈来到这片田野上。我们也插过秧,摸过秧草,割过稻子。我们的小脚丫亲切地踏在我们自己的田野里。

现在回想起来,那会也有稻子来不及割而请了小工的人家。老妈舍不得请小工,就把我和弟弟当童工了呢! 老妈笑笑说:"这不是一举两得吗? 请小工钱也省下来了,你们也得到锻炼了。参加劳动是最好的锻炼。而且自己劳动过的,吃起粮食来,才会更加珍惜,也更加香甜。所以说,还是劳动最光荣。"

等到太阳升得越来越高,开始火辣辣地照下来的时候,我们已经把稻子割好了。我们在树荫下踩着打稻机开始打稻子。爸爸打稻子,我和弟弟把麻袋撑开,老妈把打好的谷粒一簸箕一簸箕地倒进麻袋里。这时候,我们看见了隔壁田里滚圆滚圆的西瓜。刚好西瓜主人也在,我们就买了两个来。爸爸一拳头把西瓜打开,我和弟弟抢着吃起来。真是甜哪! 又是满口荡漾的感觉。

卡通老妈

　　将近中午了，一切都干完了。爸爸拉着手拉车，车上装满了一麻袋一麻袋的谷粒，我和弟弟，还有老妈，在车后面推着，一家人高高兴兴地回去了。实在是太累了，我们睡了整整一个下午。那种累的感觉也很美。

33. 红糖要红，白糖要白

　　小时候，我是老妈的小差走。她差我做事情，我就乐颠颠地奔走。

　　老妈让我到市场里买东西，并且嘱咐我要多家走走看看，认真挑，仔细选。我问怎么挑、怎么选啊？

　　老妈说："任何东西，你都要想想它的名字。名字不会乱出的。红糖要红，白糖要白，青蟹要青，香蕉要香。"

　　我记着老妈的话，一蹦一跳地来到市场。拿过一串香蕉闻闻，新鲜的香蕉果然有淡淡的清香，而那些软塌塌带黑斑点的，果然就失去了生鲜之气，没了香味。来到水产铺，分明地，蟹壳青青的青蟹就健壮、活泛，耀武扬威、霸气十足；而那些黄黄的就像没有力气似的，爬不动。不过，红糖肯定是红的呀，白糖也只能是白色的呀！但经过仔细鉴别、分析，发现有些红糖红得不纯，有些白糖白得不透。哦，是因为里面有杂质。糖还是糖，但可以看出优劣等级。

哇，我回想老妈交代的话，果然是有道理啊。于是触类旁通、举一反三，想到了"红枣要红，黑豆要黑，辣椒要辣，甜瓜要甜"。

但是，老妈又说了，过头了的又不对。真的东西，原汁原味的，过头红、过头白的又是仿真的，是假货。

后来，渐渐长大，又听老妈说："能干，能干，你越能么越要干。你不去干出来，谁知道你能不能呢？你有主意，有想法，当然要干出来。不然不是白白浪费了？你要勤力、苦干，才能干出事业来。讲得好听，没有用。所以讲，心灵手巧是连在一起的。光光心灵没有用，还要一双巧手去干。心里忖忖，不去动手，一切还是等于零。"

想想真是呢，自以为聪明能干的人如果什么都不去做，那也是白聪明能干了。而平凡普通的人，只要勤力肯干，总会有一份收获。

老妈继续道："古老人讲，做人家，做人家，一户人家头也是靠双手做出来的。"

　　这我就不解了,"做人家"在家乡话里不是小气的意思吗?比如说,以前的人们正月初一的菜能够留到正月十五吃,那是因为以前穷,一个好菜热了又热,招待了一个客人又招待另一个客人,这也算寻常事。但是如果过分了,一个多月了还在吃,那别人就会说她"做人家",是带有瞧不起的意思的。

　　但老妈说了:"以前日子苦,你和弟弟根本没有苦着过。像我小时候,三年困难时期,吃草根,吃树皮,真正是饿昏过去,饿死过去。哪里像你们现在要什么有什么,就开始大手大脚了。你记牢一句话:坐吃山空。到天到地,还是要节约。小气点还好熬熬,浪费最可耻。不过,想要做出一户人家来,最重要的还是要努力去做,才能发财致富。"

　　那我就问点精神层面上的,考考老妈看。我问:"老妈,生活是什么意思呢?"

　　老妈脱口而出:"生活生活么,就是讲,要生动,要活泼。整天唉声叹气、死气沉沉的人,活着有什么意思呢? 自己心里不痛快,别人望着你也不好受。就像一口小池塘,要有水草飘飘,小鱼游游,鸭过来嘎嘎叫两声,鸟过来拍拍翅膀。都是活的,动的,有生命的。"

哇,老妈讲得多么诗情画意啊。生活是活生生的,是鲜活鲜活、活蹦乱跳的,那才有劲呀。有奔头,有盼头,有希望。

"那梦想又是什么呢?"

"梦想梦想么,就是讲梦里头想想。你整日想啊想么,还是一个梦。"

"那要不要想呢?"

"你要想,谁不让你想?问题是,你光想想么,它就是一个梦。你去努力,去实现么,梦想也能成真。"

这真是我听到的关于梦想最好的解释了。

老妈还告诉我,嫁人嫁人就是要嫁一个人。人是最重要的。人要好,要真。这个人选对了,你就一辈子幸福。这个人如果选不对,后悔都来不及。

老妈又要教我像选红糖、选白糖那样去选人吗?

"可不就是?"老妈说,"你要选的这个人,首先是人品要好。人品好的人会真心待你,不会吃亏你。有责任心,对孩子好。有家庭观念,不会勾三搭四。不然的话,吃喝嫖赌,你比黄连还苦。接下去么,人缘要好。好人总在好人堆里头,别人都喜欢他,说明这个人就错不了。也说明他大气、活络,能够交朋友。有朋友帮么,事情都好做。孤家寡人的人,吃不开,路也走不远。你看我嫁给你爸爸,就是贪他人好,品格好,手艺好,真心实意、本本分分。讲得糖甜蜜滴没用的。要看他行动,看他本质。"

那什么是做人呢?老妈也是有过解释的哦。而且,她的解释还会变,在不同阶段会有不同的解释。哈哈,老妈解释的嘛,解释权当然归老妈。

我们小时候,老妈这样说:"做人,做人,就是要一辈子不停地做。要做出一桩事业来。吃吃嬉嬉,谁不会。不去追求,不去努力,都不会到头。"

后来,等我们结了婚了。老妈催着,你们也不小了呀,好生小人了。"做人,做人么,就是要做出一个人来。有个小人在身边,做做伴,挨挨手,多少高兴。家里面欢天喜地的呀。"哈哈,多么能说会道的老妈呀!

老妈不在身边的时候,老妈的这些话语都能够穿越家乡的山山水水,一句一句地传到我的耳边来。怎么就觉得老妈说得那么对呢,而且是越来越对。蓝天要蓝,白云要白,青山要青,绿水要绿。为什么我们的蓝天白云渐渐离我们远去了呢?为什么名字还在,东西不见了呢?

34. 目光要远大

　　我和弟弟一个属龙一个属马，老爸老妈一个属兔一个属羊。我们自诩为龙马精神，就笑老爸老妈是小兔子和小羊羔了。

　　这倒也不全是乱说。老爸从小是跟着他的外婆长大的。老爸的外婆也就是我的太婆，年轻轻的就死了儿子，而且还是唯一的儿子，按照农村习俗，就从我奶奶的儿子中过继了一个。奶奶四个儿子，我的大伯是长子，且已经是个劳力了。而我的大叔和小叔那时候也都还小。历史就这样选择了我爸爸。

爸爸八岁就被带到他外婆家，离自己家三十多里路。老爸的童年是很可怜的。八岁开始，天天跟着他的外公摇渡船。外公摇船，他解缆绳、系缆绳。冬天的风霜雨雪，把他小小的躯体差点击倒，到现在，老爸年年都要生冻疮，就是因为那时候被冻的。老爸说，那种冻，是穿心的冻。

比这个更难熬的，是外婆的苛刻和挑剔。因为自己的亲生儿子死了，所以她变得乖戾、不可理喻，就把我老爸管得特别紧，紧到了令人窒息的程度。其实内心又是爱的。

老爸很是思念自己的亲娘，但每次逃回去都被抓回来了。外婆对他动不动就打，就骂，老爸的胆子就这样变小了，变成了兔子胆。

那时候，老爸就发誓，等自己长大了，将来有孩子了，一定要对孩子宽容，给孩子真正的爱，一定不打孩子，不骂孩子，让孩子感受到家的温暖、爸爸的宠爱。所以，我和弟弟就是在跟老爸完全相反的童年氛围里长大的，要什么有什么，说什么就是什么，说错了也没有关系。

老爸说，自己胆子已经小了，没办法了。但是你们俩的胆子一定要大。胆大才能做出事情来。

老爸说，自己也在不断地反思自己，改变自己，想办法把自己的胆子一点一点练回来。当然,现在比童年时好多了,但是有些个性上的东西还是很难改变的,一旦遇到大事情,还是不敢大踏步地前进。

而老妈的胆小又是因为什么呢? 因为小时候苦惯了、穷怕了,所以就总想着要赚钱,而且是现钱。老妈选择卖水果的一个很重要的原因就是卖一天水果,拿一天的钱,不用等到月末、年末。对于老妈来说,最幸福的事情莫过于每天卖完了水果,一张张票子、一个个硬币地数钱。那是她劳动的成果,也是她供养我们姐弟的经济来源。老妈没想着去发大财,只愿意这样每天守着水果摊,赚分内的也是稳定的钱。现钱意味着安全,不需要患得患失。所以,当老妈拿着一叠现钱回家的时候,她的内心是充实而安稳的。

但是呢,老妈也曾经想过要开一个水果超市,老爸也曾经想过要开一个更大的厂。我们全家坐下来分析。从小,我家的家庭会议上,我和弟弟哪怕还很小很小,读小学甚至更小,老爸老妈都要听听我们的意见。我们觉得老爸有的是过硬的本领,开个大一点的模具加工厂,完全没有什么好发愁的。但是呢,资金是个问题。他们俩都有一个老观念,认为借钱是不好的。就是因为不敢去借钱,所以这个厂也没有开成。

　　结果呢，一年后，村子里其他人胆子大，借钱合伙开了一家模具加工厂。他们的技术哪里有老爸强呢，老爸可是国营厂出来的年年被评优秀的车间主任。人家请老爸去当技术指导，拿的还是死工资。所以说，光有技术是不行的，最主要的是敢想敢做、想到就去做的拼搏精神。

　　事实证明，我们原先的判断是正确的，这家厂越开越大，厂值扩大了好几倍。就是因为不敢借第一笔资金，而失去了良好的创业机会，这是老爸的心中之痛。但是，现在也不可能重新再来了。幸好，后来开的小厂利润也还不错。当然，没法跟大厂比。

　　所以，当弟弟决定创业的时候，老爸犹豫了一下，还是全力支持他。老爸说："人生在世，没有多少时间好浪费，想准了就大胆去做。要看到希望和未来。不要因为胆子小，而失去了最佳的时机。"

　　老妈的超市当然也没有开成。因为开超市，就要租房子，租房子就要交租金，还要请人，付他们工资，还要不停地去进货。老妈又怕了，还是贪恋着天天数钱的感觉。所以呢，还是放弃了。

　　老妈总结了一下，说："我想了想，目光要远大，不能光看眼面前。人一辈子，还是要拼搏。哪怕赌，也要赌一赌。所以，我希望你们两个人不要循规蹈矩，一个像龙一样飞腾，一个像马一样奔跑,我们两个人没有奋斗出来,我们会默默地支持你们。"

　　老爸老妈就是这么开明的家长,他们开放的心态、谦和的态度,把我们举得很高,希望我们看得更远。

35. 不可能每个人都那么好看

　　所谓"三句话不离本行"，老妈是卖水果的，她就总拿水果说事。那些水果就好像长了灵魂似的，经由老妈的双手摩挲、摆放，一个个发出闪闪的、淡淡的光辉。一般人是看不见这一层光辉的，只有每天跟它们待在一块的老妈，才总是能够从那些不说话、不走路的静物身上，发现哲学的光芒，并且经过自己的酝酿，把那些小小的哲理一点点说给我们听。

　　老妈把香蕉一串串理出来，把苹果一个个擦干净，把枇杷把柄朝上一个个放好。还有那些葡萄，她还会剪去一些没长好的干瘪的颗粒,让它们一串一串躺在大大的盘子里。那些鲜桂圆呢,老妈把它们一枝条一枝条地收集起来,用绳子扎成整齐好看的一小捆一小捆。还有樱桃,被老妈分成了三堆,最大最亮的一堆,卖最好的价钱,次之一堆,再次之又一堆。如果把这些水果看作是听令指挥的士兵,那么老妈就是调兵遣将的将军。我看她完全沉醉在自己的水果堆里,对着她朝夕相处的水果发号施令,自得其乐。

我看老妈是真心爱她的水果。不但爱那些好看、鲜亮、浑圆浑圆的水果,她还不放弃每一个长歪了的、长小了点、皮肤粗糙的水果。老妈一边侍弄着水果摊,一边对我说:"只要东西本身好,就不要太在乎它的外表。你看苹果,表皮粗糙的,比表皮光滑的要好吃。不相信你吃吃看?表皮粗糙的结实,跟风风雨雨战斗过的,经历过风霜,所以也更加鲜甜。"

老妈当场就削了个粗皮的不太圆的苹果给我吃。果然,这苹果是香甜的,水分也很足。老妈又给我一根香蕉。这个品种叫作芝麻香蕉,在香蕉中,它是卖得最便宜的。但是,别看它便宜,其实口感真不错。虽然表皮并不那么光鲜好看,但是剥了皮之后,里面的果肉比其他香蕉更加丰满、白糯,闻起来也更加浓香,果然吃起来有一种满口荡漾的感觉。相反,那些外表很好看的香蕉,它们的果肉还没有达到最佳时候,吃起来嘴里略微有点生涩、单薄。

老妈接着说:"水蜜桃也一样的,表皮有些软起来的那种是最成熟、最好吃的。虽然没有光滑的那种漂亮,但是吃起来特别甜。所以,顾客过来,我都推荐软皮的给他们。他们不相信要买硬皮的,那也由他们去。吃都是好吃的。但是呢,卖相确实是硬皮的好看,水亮水亮的,看着让人喜欢。"

我笑着说:"老妈,所以说,外表也是很重要的。第一眼没有看中,第二眼就不想看了呀。好看的外表多么赏心悦目呀。难道你不喜欢看好看的东西和好看的人吗?好看的东西不吃就很开心、很快乐了,好看的人,远远看着都幸福啊!"

老妈说:"这自然,这自然。所以说,好吃小菠菜,好看小冬梅。谁都喜欢好看的东西,我也喜欢。但是呢,不可能每个人都那么好看,也不可能每样东西都那么漂亮呀。我们喜欢好看的东西都可以理解,爱美之心嘛,都是有的。但是呢,我们也不能委屈那些不好看却非常实用的东西。你说对不对?"

这倒让我无话可说了。老妈的精神世界里装着一个广阔的心胸,她总是会以一颗包容的心、一缕温柔的目光来看待她所看到的人和事物。对于那些弱小的、貌不惊人的小东西,她会特别

给予自己的欣赏和爱护。在一堆水果上面尚且如此，其他的就更不用说了。

"更何况，很多东西，很多人，看一次两次，感觉很好看，看多了也会厌。因为缺少内在的东西。就像一本书一样的，翻翻没有什么内容么，封面再好看，你也不想看！"

这说得也相当有道理啊！但是呢，我偏偏要跟老妈斗嘴玩。我接着说："老妈，我们为什么要把这两样对立起来呢？你想啊，东西结实耐用当然很重要，但是，外表光鲜亮丽也是很重要的呀。为什么这两样东西不能同时存在呢？鱼和熊掌不可兼得，但是漂亮和智慧为什么就不可以并存呢？一切尽在掌握，我们可以做到的呀！"

说完，我在老妈面前走了个酷酷的台步，打了个漂亮的响指。哈哈哈，在自家老妈面前自恋一下、臭美一下，又有什么不可以呢？

一下子就把老妈给逗乐了："对对对，不愧是读书人，你这样说，我举双手同意。不过呢，我要你记牢，一个人的人品还是最重要的。如果外表不美，人品很好，那么我们做人也算是做得优秀，做得成功了。如果徒有其表，而没有内涵，那就一票否决了。千万不要做这样的人。如果人品也好，本事又有，为家乡、为社会

做贡献,那就是好上加好。如果再能够美丽大方,那就是意外之喜,要谢天谢地!"

老妈真是天生的演说家,说得我心悦诚服!

36. 又要美丽，又要朴素

老妈年轻的时候也烫过头发。大波浪，卷卷的，挺好看。后来早出晚归地卖水果之后，图方便，她就没再留过长发。

年轻的时候，老妈也穿裙子，长长地垂着，很有女人味。后来市场里进进出出，拎着一筐筐水果上车下车，裙子就不方便穿了，就穿裤子。

老妈勤劳苦干、节衣缩食，但是对我和弟弟从不吝啬。我们俩从不缺吃的、缺穿的。过年过节还有新衣服穿。

老妈说，你们两个在上学，到学校里去，要穿得干干净净、漂漂亮亮的，让老师和同学见了都喜欢。但是她自己呢，偶尔看人家穿得好看，实在忍不住时也给自己做了几身新衣服，除此之外，很少在自己身上讲究讲究。

我小时候是个小大人，不知从哪里学来的，就跟老妈说："老妈，你现在是最美好的时期，还不好好打扮打扮，将来老了穿什么都不好看了。"

老妈笑笑说："我也想美。但是为了做生意，日出夜归，四五点钟就要去把货贩过来，运到市场去。去迟了，货贩不到，市场摊位也被别人占去了。你想想看，我如果穿高跟鞋，能走得快吗？万一脚崴了，多不合算啊。衣服穿这么好，如果被筐子擦破了，那不也很可惜吗？我干的是累活、脏活，不像人家清清爽爽坐在办公室里面，当然要烫头发、穿高跟了。所以呢，你们要好好读书，将来也能坐办公室，不用在外头，风吹日头晒。"

这就是老妈，你无论跟她说什么话题，她都能够拉回"好好读书"上。但想想也是，老妈的工作性质决定了，她不可能穿得这么光鲜亮丽。

但是，我们也希望自己的妈妈美美的。那时候，我们同学的妈妈有了闲暇，就会跳跳交谊舞，唱唱流行歌，穿着修长的连衣裙，涂着鲜亮的口红。我的同学们也一个一个被妈妈们打扮得花

枝招展的,像是童话里面走出来的小公主。

老妈看出我羡慕的神情,就跟我说:"我也很羡慕她们。但是,你要记住,我们还是要羡慕自己。我们靠自己的劳动吃饭,没有什么难为情。她们的妈妈都在国营单位里上班,而我只不过是一个农村妇女。我依然用自己的双手去赚钱,虽然比较低微,不上档次,但是,我们没有偷也没有抢,光明正大,做自己的生意,卖自己的水果。你和同学们都是平等的。你们都是小学生,都是祖国的花朵,祖国的未来。"

没想到,老妈也能说一些课本里的话。

老妈看着我,接着说:"一时的鲜亮不算什么,外表的鲜亮也不算什么。你看看,很好看,很舒服,但是做人还是要讲心灵。心灵美才是真正的美。做人,又要美丽,又要朴素。外表粗糙点,随意一点,并不要紧。要紧的是内心要美,要真。"

我知道老妈说得很对,这样的话像中药,都是为了你好,但是听的时候并不太爱听。

老妈也并不经常讲这样的话。她是用她的朴素换来了我们的美丽。同学中流行什么款式的毛衣、什么样式的连衣裙,我缠着老妈买,老妈都会给我买。当我穿着自己喜欢的衣服蹦蹦跳跳上学去的时候,老妈也开心地笑了。老妈说:"只要你不整天想着打扮，不要把心思都用在打扮上，我也同意你打扮。但是，读书还是第一位。成绩好，都有新衣服穿。"

等到上了中学，弟弟的要求比我还更高些，他不要多，但要好。他喜欢穿名牌。一双耐克鞋就要好几百，但是能够穿好几年，那倒也值得。

老妈舍不得花钱，但是对我们的要求，都能够尽量满足。只要我们把心思花在学习上，只要我们的学习成绩都优秀，那么，再辛苦，再累，她都愿意。但是她自己可不舍得穿，更不用说穿名牌了，就是稍微穿得好一点、新一点，她都心痛。

等到我们都赚钱了，我们都给老妈买衣服。老妈又在那里嘟嘟哝哝："我的衣服已经穿不完了，你们不能再买了。虽然现在你们都有钱了，但还是要节约。"

我们说买衣服花不了多少钱，她又说："积少成多啊，你们要把自己小家庭弄好，不要把心思花在我身上。"

我就跟老妈讲："老妈，你和老爸辛苦一辈子了，现在该好好享享福了。以前那些旧衣服，已经过时了，就不要穿了。或者捐点出去也好的。我们给你买的，你别堆着不穿，那是更大的浪费。你不是说又要朴素又要美丽吗？你也不能只有朴素，没有美丽呀。你现在不做生意了，你的发型也应该换一换，衣服颜色也要

穿得亮丽一点,现在是你最美好的时期！穿衣打扮,我要好好把你培训培训！"

这回,老妈算是听我的了,高兴地对我说："欢迎培训,欢迎培训,我也喜欢穿得漂漂亮亮的。"

37. 女人一定要独立

老妈性情柔顺、待人宽和，从来没见她跟谁大吵大闹过。对我和弟弟，更是百依百顺。只要读书好，不偷懒，不做坏事，就什么都可以答应我们。对爸爸，也是和和气气、温柔体贴。

但是呢，她也会有很强的女性意识。她偷偷跟我说："男人啦，都是有脾气的。没有脾气的男人，你又看不上，是吧？男人喜欢向女人发脾气，是因为他在外面闯事业，结交朋友，也有难处的，只好回家来发发脾气、解解心宽。这些都还不算什么。但是，如果让他看不起你，不把你

175

当一回事，那女人的日子就不好过了。所以呢，女人要有自己的撒手锏。我不怕你，没有你，我的日子也照样过。女人该硬气的时候也要硬气，不然的话，听凭男人威风凛凛，那么你后半辈子就有苦头吃了。"

老妈这么说着的时候，我已经差不多读高中了。老妈像是话里有话似的，继续说道："女人一定要独立。当然了，女人离不开男人。男女总是要在一起生活的，没有男人爱护，再独立的女人也是孤单、寂寞、冷影清清的。但是呢，如果女人跟男人生活在一起，只知道依赖男人，贪图享受，自己不努力，那么男人也会看不起你，也不会拿好眼色看你。所以讲，女人要独立。你独立了，男人反而欣赏你，敬你，爱你，男女之间的感情也会更深刻，家庭生活也会更甜蜜。"

我不解地问老妈："那女人应该怎么独立呀？"

老妈坚定地说："女人需要自己的事业！像我如果在家玩就等于没有事业，出去卖水果，就等于有了自己的事业。"

哈哈哈，摆个小摊卖水果也算是事业？我差点笑晕过去。

老妈却依然一本正经地对我说："你别小看卖水果，这好歹也是我的劳动付出，我好歹也是有钱赚来的。虽然我赚的钱比不上你爸爸赚的钱，但是我也是为家庭做了一份贡献的。你说是不是? 在这个家庭里,我多多少少也是占了点股份的。有总比没有强。我尽自己的努力去赚钱,你也没有什么好说我的。所以,你看,你爸爸就不会回家来跟我发脾气的。我有什么让他好发呢?我把水果卖了,把钱赚过来,把小孩读书管好,你爸爸也看在眼里,服在心里。我在他心里,有一份尊重和地位的。不然的话,我坐在家里吃吃嬉嬉,他跟我发脾气,我也没有什么好说啊!"

这样想想,老妈说得可真实在呢。女人要想获得男人的尊重,要自己去努力,去寻求。女人要找到自己的价值,才能更好地处理夫妻关系,扮演好家庭里的角色。而且对于孩子来说,一个勤劳能干、和颜悦色的妈妈,给他们的童年带来多么强烈的安全感和幸福感啊!我和弟弟就是在这样的家庭氛围里面长大的,一家人都和和睦睦、说说笑笑的,很开心,很快乐。我们也看到过隔壁邻居,有天天吵架的父母,他们的孩子是多么的可怜。在那样嘈杂的环境里长大的童年,又该是多么的难堪啊!

老妈接着说:"其实你也要体谅男人。毕竟,他们是家里的顶梁柱,重活、累活都要他们来做,我们女人吃不消做的呀。所以呢,辛苦也是他们更辛苦。作为女人,我们也要学会去分担。男人都看在眼里的,你付出一分,他爱戴你一分。这样互敬互爱,日子才会长远。再讲,既然是夫妻么,没有什么好计较的,做多做少都要互相体谅。我们都是为了共同的目标，都是为了把日子过好。古老人讲，荣华富贵不如夫妻恩爱。恩还在爱前头，前世有缘才能做夫妻，夫妻之间是有一份恩情的。白娘子为什么一定要到西湖边去找许仙呢，就是讲，有一份恩情没有回报。她跟他做夫妻，就是为了去报恩的。"

哈哈，老妈这个典故用得巧妙。那我就问老妈："那你说许仙是不是太懦弱了？白娘子这么好，为什么不好好珍惜呢？"

老妈说："有恩就有怨，所以讲恩恩怨怨。夫妻之间总是有误解、有猜疑，这是因为太爱对方的缘故。许仙对白娘子也是一心一意的，但是毕竟人蛇有别，心里有隔膜也是可以理解的。但是最后白娘子被镇压在雷峰塔下，许仙也是后悔的。他独个人把孩子养大，也不容易。"

被老妈这一说，貌似也挺有道理。

最后老妈还是把话题转回来："所以，我一定要让你好好读书，将来有一个好工作，这样你就能独立了。你越独立就越有资本，越有资本就越自信。越自信，你就越幸福。"

38. 女孩子泼点好

　　话说我小时候，嘴不饶人。隔壁邻居啥的，别想欺负了我。一旦我被欺负了，我就会翻出吵架簿，一句一句地说得别人没话可说。

　　不但如此，还会动手。小时候去外婆家玩，那边的小伙伴们不认识我，跟他们好好玩着的时候，一个大一点的哥哥就故意欺负我，在众目睽睽之下，打了我。我没有哭，也没有还手。因为这里不是我的地盘，硬碰硬的，不行。那些小伙伴也帮着那个打我的哥哥，再说我的力气哪有他们大，我哪里还得了手呢？但我不

是忍气吞声的人，我这么一个虎妞，从来不肯吃亏的，哪里咽得下这口气呢？我就想办法，趁那个哥哥家没人，把他们家玻璃窗打坏了。又碰见他妹妹，于是又把他的妹妹打了。他妹妹蹲在那里哭，她那么小，哪里是我的对手。我就这么雄赳赳气昂昂地回到了外婆家。

这当然是很小很小的时候发生的事情，现在只要我回到外婆家，邻居们还会笑着说起这件事情。说我厉害，小时候就不简单。哈哈。换作现在，我肯定不会这样去处理事情了。但是，那时候，就觉得自己不能受委屈。即便是在陌生的环境里，我也不能受委屈。

后来，人家家长告状告到了我们家。我一点都不怕，站出来，前前后后把事情讲清楚，把手臂上的乌青给人家妈妈看。人家妈妈心服口服地回家去了。

我以为老妈会责怪我，批评我，没想到，她哈哈哈笑起来，说："你做得对！女孩子泼点好。大胆一点，泼辣一点，不会受欺负。只要道理讲得通，别人就没有什么好为难你的。不过呢，你也要用自己的头脑想一想，用什么样的方式做事情会更好。"

老妈没有讲具体的方法。看得出，她并没有压制我，但也让我明白做事情不能有道理就去做，还要想一想怎样做更好。

　　我们小时候,村子里重男轻女的现象还是普遍存在的。一个家庭里面,好几个女孩就一个男孩,那些个姐姐就缺衣少食的,全家的焦点就放在唯一的弟弟身上。这弟弟必然穿得光鲜亮丽,不用做一点点家务活。只因为他是男孩,就是家里的传家宝,动不得,说不得。一切都以他为中心,他就是全家的小祖宗、小皇帝。最后,就被全家给活活地宠坏了。不会种田,不会下地,贪吃懒做,娶了媳妇、生了孩子了,还不能自立。而那些姐姐从小吃苦惯了的,反而一个个很有出息。

　　我们家可不是这样,爸爸妈妈对我和弟弟一视同仁。老妈说我刚生下来的时候,因为是家里第一个孩子,爸爸对我宝贝得不得了,稀罕得像从天上掉下来的似的。其他女孩子被父母管束得紧,这个不行,那个不行,说话做事都要看大人脸色,在家里一点点地位都没有,被父母认为是赔钱货,是在替人养媳妇;但是在我们家,我的地位可是大于等于弟弟的。因为我是姐姐,弟弟必须听我的。我也挺勤快的,还聪明伶俐,从小就是爸爸妈妈的小帮手。所以,老爸老妈从来不因为我是女孩儿亏待我,相反,他们认为女孩更要有志气,更应该努力地争取自己的权利和幸福。

　　有一次,爸爸因为什么事情冤枉了我。我就是不认错。我说,我没有做过就是没有做过,谁想逼我承认都不可能。我急起来,还拿起板凳举过头顶，狠狠地摔在爸爸面前。后来证明，果然是爸爸错了。他才知道真的是冤枉了我。爸爸没有批评我，反而夸我做得对。自己没有做过的事情，谁冤枉都不能承认。我就是这样从小被父母惯起来的呢！但是，平时我一点都不娇气，也不霸道。我对同学都很好，用老妈的话说是，见着谁喜欢了，就把心都捧给他；见着不喜欢的，看一眼都懒得看。哈哈，我从小就是这么"爱憎分明"的哦！

我总觉得奇怪，老妈这么温柔和顺的人，怎么会养出我这么一个性格刚烈、不肯服输的女儿呢？

老妈说："时代不一样了。女孩子也可以闯世界了。只要大方向不错，你只管勇敢地去闯。我不能把你画在圆圈里。你要有自己广阔的天空和美好的未来。女孩子泼点好，敢闯敢干，一定有前途。不过呢，要内刚外柔，以柔克刚，这样就更加完美了！"

哇，老妈懂的真是不少呢。

39. 女人啦，就是生小人的机器

肚子越来越大，离预产期不足半个月了。虽然我从小胆大，还是有点惴惴。毕竟是从来没有做过的事情啊。

我打电话给老妈。

老妈的声音从千里之外家乡小镇的水果摊前端端地传过来："胆放大，心放宽，没什么好怕的。不要太当一回事。我跟你讲，女人啦，就是生小人的机器。"

她一边还拿着手机呢，一边给顾客称水果。

接着又跟我说："这机器多少奇巧啦。没的住，住子宫；没的吃，吃胎盘。一根吸管通进去，把你最营养的东西全部吸收去。你不用教，他不用学，你看奇巧不奇巧？"说完了，还大声地笑了。

我的紧张情绪马上得到了释放。

似乎旁边买水果的婆啊，婶啊，也跟着笑起来。

老妈让她们自己挑，依然跟我通话："现在科学这么发达，你要相信医生，配合医生。她叫你怎么做，你就怎么做，不会痛到哪搭去的。自己生好，要努力自己生，自己生不出还有剖腹产嘞，你有什么好怕的？生小人时节，就要一门心思生小人，不要哭，不要叫，不要把力气白白浪费掉。你娇娇滴滴，哭哭啼啼，反转来要受苦。你心情放松，不紧张，肯定顺顺当当、快快便便。我跟你说，机器就是机器，奇巧还是奇巧。一生落地，马上有奶水，早点也没有，迟点没的吃，哪里来都不晓得，自己飙出来。小人都有本事的，自己带奶票，从天上带落来。不用教的，扑上来就会呼，汩啊汩啊，拼命吃。所以讲吃奶的气力，就是这个意思。这是本能，都晓得要活命的。"

在老妈的远程教育下，又参考了好几本生产指导用书，我渐渐地稳下心来。但没有想到，当天晚上，肚子就紧锣密鼓地痛起来，一开始一个小时痛一次，接着半个小时痛一次。我马上想到这就是老妈和书上都说起过的阵痛。当阵痛连成一片的时候，就

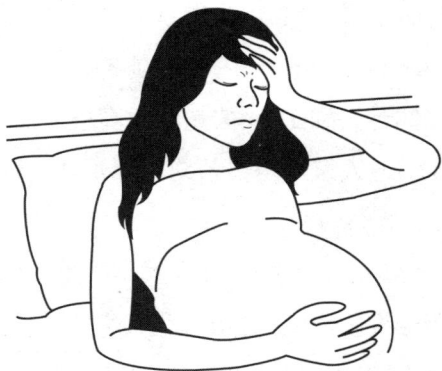

是要生产了。可是预产期明明还有十来天，难道是要提前了吗？赶紧到附近医院检查，果真是要生产的前兆。又赶到省妇保。不知道什么原因，我的血压突然升高到190，被判断为高危产妇，马上绿色通道住进产房。要知道人家都是要预约个把月才能住进去的呢。

这时候我反而稳住了。想起老妈说的"女人就是生小人的机器"，看着整一层楼的"机器"们都在那儿生产，我又怕什么呢。这时候就是打电话给老妈，也是鞭长莫及，索性就安安稳稳地自己生算了。要知道以前的"机器"们临到生产前一刻，还在地里干活呢，有些甚至还那么勇敢，自己带一把剪刀，实在来不及了，就自己给自己接生呢。她们就贱，我们就贵吗？我们何尝不是一样的女人，一样的"机器"。更何况，贱生贱养的小孩还更皮实、更结棍呢；那些娇生惯养的反而难以久长。

这么想着，我的血压马上恢复正常。呵呵，这虚高的血压，倒是有惊无险帮了我的大忙，不然连医院都住不进来呢。这下子，全稳妥了，还有什么好担心的呢？真是天助我也。于是乎，我全身心放松，听着医生的指挥，深呼吸，换气，深呼吸，用力。在阵痛连成一片的时候，是最痛最痛的时刻，也是最需要用力的时刻。跟我一起生的有好几个，她们有些已经撑不住了，哭嚷着，嘶喊着。可我记住老妈的话，不能把力气浪费在哭喊上。我拼命一用力，"呜哇"一声，属于我的那一个就诞生了。

果然，自从老妈给取了小名"快快"以后，什么都来得快一点。他快了十来天来到人世，而我只用了十五分钟就把他生下来了。果然如老妈所愿，顺当又快便。

这时候我打电话给老妈，老妈并非十分喜悦。她一如既往地安定，跟我说："我明天过来。"

我突然觉得我也很安定。此刻，我已经是一名初试合格的母亲了。我让她把手头的水果先卖完，我还要在医院住几天，医生会照顾我的。而快快，果然就无师自通地来觅食，而他的奶票也带得相当足。

我依然记得老妈跟我说："不要把他当一回事。聪明归聪明，可爱归可爱，都是自然而然的事情。大人不要把小人看得太奇特，他会骄傲自满，反而带不好。不聪明也无事，说不定也是他的福气。个人都有个人的福气，都不能嫌弃。天生的东西就是天生的东西，什么胎记，什么乌点，都是记号头，有讲究的，不能去掉。好看难看都是自己的肉，都是亲，都是宝。一世人太太平平就好，你越兴兴能、显威风，越威风扫地，不可收拾。还是本本分分、粗粗糙糙，不落别人眼里的好。"

40. 心焦着炭也要咪咪凉

从小我就是个急性子,喝热粥会把嘴皮烫坏掉的那种。老妈就在一旁笑着,说,慢点,慢点,又没人跟你抢。如果同学说要告诉我一个秘密,又半天不说,我就会急得晕过去,分分钟不好过。考试过后等成绩,老师拖堂等下课,那就是种种煎熬。尤其是如果有人错怪了我,那我就站那里气得跺脚,急得都不知道说什么好。碰到什么烦恼、忧愁,感觉太敏锐,比别人挠心好几倍。什么事儿都藏不住,非要找人来诉说才行。种种慌乱,不知所措。

但老妈总是坦坦的。她摇摇蒲扇对

我说："车到山前必有路,你知道为什么突然有路?"

我忙问："为什么?"

老妈说："因为天无绝人之路。"

哎,什么跟什么嘛,用一个道理去解释另一个道理,而它们实际上是同一个道理。

老妈说："你不要自乱自乱倒,别人还没有把你乱倒,你自己先乱倒。任何事情总有解决的办法,不要害怕,也不要慌乱。你乱啊乱么,乱中出错。本来没有事,被你一着急,反而出了事。"

我问老妈,那应该怎么办?

老妈继续摇蒲扇,跟我说："心急也不是什么坏事情,说明你做事上紧,放在心上,认真积极。心急的人责任心强,不会拖拉,也不会欠啊赖啊,会主动解决问题,不拖人后腿。这些都是好的。但是呢,心太急,容易头脑发热,失去判断,太紧张,欠放松。你想想看,你要这么用力干什么?同样一件事情,你把它看得小,它就小了;你把它看得大,它就比天还要大。没有必要这么着急。再说了,遇到困难,遇到麻烦,都要周围的人替你解策,你一个人着急还不如找人帮忙解决。"

这倒是对的呢。急性子的人容易自己把自己逼进死胡同。急于找到一个万全之策,实际上却是画地为牢。有些问题,有些事

情,你走开一点看,它也就那么回事,并没有想象的那么棘手,那么头痛。

老妈接着说:"所以说,冷静很重要。尤其是女孩子,很容易头脑发热。事实上,心焦着炭也要咪咪凉。"

心焦是我们当地人的口头禅,遇到什么烦心事儿,就说,心焦啊!心里很焦急的意思。心焦着炭,就是说,心里焦急得都能点着炭了。咪咪凉就是很凉快,很凉爽。老妈的意思是说,越是头脑发热的时候,越是要自我降温,让自己凉下来,清醒下来。

老妈自己就是这样去做的呢。家里有了什么事情,老妈都是先把事情弄清楚,各种好处坏处分析清爽,然后用她的革命乐观主义精神对我们说,没有什么了不起!接着呢,就是认真对待,仔细策划,好好落实,最后把事情给解决了。

老妈说:"以后到社会上,更加要注意。比如你跟别人谈判了,签合同了,你弄得很着急的样子,别人就有可能乘虚而入,有一些条款你都没有看仔细,被别人糊弄了,你就惨了。小心谨慎就不能着急。一着急就要乱,一乱就出错。就像我卖水果,从来不慌乱。你看我的摊子上,忙的时候,人过来是一潮一潮的。这个要买苹果,那个要我称桃子,有一个要我找钱,另一个拿过钱来教我接。大家都很忙,都在催。你看看,我只有一张嘴,两只眼睛,两只手。越是场面大,时间紧,我越是慢下来。因为弄错了更不合算。你说对不对?所以呢,我慢慢来,不慌不忙。给这个称好苹果,再给那个找钱。钱还要看仔细,要找对。如果找错了,说都说不清。因为这个麻烦而带来新的麻烦,你说麻烦不麻烦?"

哈哈,老妈又说顺口溜了。

果然是呢,我看老妈在水果摊上就是一副临乱不乱的样子。她总是那么微笑着,心平气和地招揽着,张罗着,忙是很忙,应接不暇,但是一点都不慌乱,她操纵了一种秩序,井井有条。后来我想了想,老妈心里有自己的秩序。有了秩序,就有了节奏,她按照自己的节奏来生活,轻松自如,也自得其乐。

老妈说:"现在你们还小。以后到社会上去,大风大浪多的是。做人肯定有难关,有凶险,这个每个人都会碰到。但是呢,你要想好怎么去对待。光光着急、懊恼,是解决不了任何问题的,还把自己心情弄得更糟,害得旁边的人也跟着受不了。依我说呢,放开手去,放下心来,一切都有老天在安排。不要把自己想得太伟大,一定要立刻解决,一步到位。慢慢来,多问问,多看看,多想想,一点一点去解决,心情放松一切都解决了。"

哈哈,老妈就有这么气定神闲的架势!

41. 胆放大了，没有什么可怕的

　　故乡三门是一个沿海小城，由于地处偏远，倒是有一些与众不同的风俗人情。此地物产丰饶，青蟹横行，更有诸多令人垂涎的小吃。三门人好吃，也懂吃。每个节日都吃得丰富多彩、回味悠长。

　　单说中秋和元宵。举国上下八月十五过中秋，正月十五过元宵。但三门人不！在三门，中秋节过的是八月十六，元宵节过的是正月十四。为什么要这样过呢？可能是因为三门人更谙得十五的月亮十六圆的道理，也或许是三门人喜欢避开正日，过自己的小节日。这也是个生活的小智慧。就像给长辈过生日,我们不会在六十岁、七十岁那一年给他们过六十大寿、七十大寿,而会在前一年或者后一年给他们过。避开锋芒方能保全自身,活得久长,或许为的就是这个意思。

这两个节日里,我们吃得也是一枝独秀。八月十六我们也吃月饼,但除了月饼,我们还要吃三门特有的食物——麦焦。麦焦,也称作食饼筒,就是把各色菜蔬摊在一张薄饼上,卷成筒状。一般会有红萝卜、芹菜、海带、土豆、莴苣等蔬菜,把它们切细炒熟,外加一盆"点睛"之菜——洋葱炒肉丝。因为其他都是蔬菜,这盘肉就很重要。蔬菜是铺垫,肉是提升,缺哪一个都不行。

当然,我们不单单是八月十六才吃麦焦。麦焦是一年吃到头的,每个节日都吃。所以,每个节日大家吃的我们都吃,然后再加上麦焦。比如清明,我们吃清明馃和麦焦;比如端午,我们吃粽子和麦焦。

那元宵节除了麦焦,我们还吃什么呢?不是汤圆,也不是元宵,我们吃的也是三门特色的小吃——糟羹。糟羹又分咸糟羹和甜糟羹。咸糟羹用的是糯米粉。在烧之前,把芥菜、油泡、墨鱼干、红萝卜、猪肉等切成丁,然后一大锅水烧开,把糯米粉先用清水调好,倒进锅里去,再把之前切成丁的菜蔬全部倒进去。为了鲜

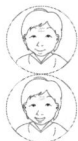

美,还可以把鲜牡蛎也放进去。然后拿着勺子不停地搅拌。等到这些都熟了,一锅美味的咸糟羹就做好了。我和弟弟早就等在锅沿边,拿着小碗,等着老妈往我们碗里舀糟羹。

老妈说:"我这锅糟羹是煮给全村小孩吃的。你们也赶紧拿着碗到全村各家去讨糟羹。三十夜的鼓,十四夜的肚,今天晚上你们一定要多吃。家家户户讨糟羹去。"

我们一开始磨磨蹭蹭地不愿出去,老妈正色道:"这么点路都走不出去,将来社会上结交人头咋混混?胆放大了,没有什么可怕的。讨糟羹要讨得巧,讨得甜,要把主人的糟羹赞美得他脸上有光。都是我们村里面的人,认识的,不认识的,你只要去讨过糟羹就都认识了。赶紧的,吃满七户人家才能回家,知道没有?讨得越多,越聪明,越能干!"

我和弟弟互相看看,还是没有移动脚步。

见我们还是犹犹豫豫,老妈摸摸我们的头,笑吟吟地说:"其实每家每户都巴不得你们小孩去吃呢,把他们家糟羹吃光,吃得锅底朝天,他们最高兴。这说明他们能干,糟羹烧得好吃,你们去吃了之后,都有口碑,大家都会传话的。谁家最早被吃光,谁家就能一夜成名。好吃不好吃,全靠你们小孩子去评论,去当裁判。懂不懂?"

这么一说，我们就轻松多了。

我们迈开大步正要往灯火通明的村子里去。这时，老妈反而把我们拉住了："记住，吃完糟羹一定要说'谢谢'，记住了没有？"

我们点点头，风也似的跑开了。

我们一家一户地讨过去，越讨胆子越大。不但吃到了前面所说的咸糟羹，还吃到了甜美浓郁的甜糟羹呢。

甜糟羹又叫新妇糟羹。哪家有了新娶的媳妇，哪家就要烧甜糟羹，由新娘子亲手调制，让全村的孩子们来品评。咸糟羹用的是糯米粉，甜糟羹用的是番薯粉。甜糟羹里的作料也是丰富得很。通常是蜜枣、红枣、橘饼、桂圆、糯米圆子、红萝卜丝、花生米、葡萄干、苹果、梨子、香蕉，全部切细，融于一锅。

其实，隔壁新嫁过来的小婶婶一早就把我们一帮小孩叫过去说，晚上你们一定要多吃点，把我的糟羹全吃光，记住没有？她眉清目秀水灵灵，她的话我们一讲一听。小婶婶的甜糟羹果然是花了心思的，妙就妙在她在一锅光鲜亮丽的甜糟羹上撒了一把从她娘家采撷而来，并腌渍得恰到好处的糖桂花！我们何曾见过这样旖旎别致、艳压群芳的糟羹，不消说抢食一空了。小婶婶一举成名，别提对我们有多好了。

元宵年年过，别人过十五，三门人过十四；别人吃汤圆，我

们吃糟羹。可是我再也没有去讨过糟羹。现在的孩子们也都不愿
去讨糟羹了。

　　我依然记得老妈对我们说："乡邻乡亲的，要多走动走动。
做人一辈子不可能不靠着别人，所以要互相帮助。人不能孤单终
老，你好我好大家好。人要活络，路也走得开。讨糟羹也就是这个
意思。"

　　看我们讨得累了，哈欠连天的，老妈静静地走开了。

42. 要从小多磨炼磨炼

　　我家屋朝南,老王公屋朝东。从我家
后门右手边出来,正对着老王公三间朝
东的屋。

　　在我们两家之间是一个小院子。院
子的南边是马路;北边还有一间屋,那就
是老王公的打铁间。老王公在世的时候,
天天在那里打铁。两个徒弟,一个憨厚,
一个活泛,时常一前一后、一左一右地跟
随着。

　　老王公铁打得好,四圈八面的人都
上门来请他打铁。有的要打锄头,有的要
打剪刀,总之都是各种农田用具或者家

庭用具。

　　几乎每天晚上，我们都在吃晚饭了，老王公还在打铁。我们就端着饭碗去看老王公打铁。

　　火炉子烧得旺旺的，由一个小铁门关着。一个徒弟在拉风箱。老王公站在一旁。他总是穿得比我们少，少多了。如果是大冬天，我们穿棉袄，老王公一件单衫套一件马甲；如果是大热天，他就赤了个膊，除了裤子，啥都不穿。

　　等那风箱拉了好多下，老王公说"好了"，徒弟就把铁门打开，火炉子里的那块铁已经烧得通红通红。老王公左手拿着铁钳子，一把伸进去，把那块铁钳了出来。那块铁全身冒着热气，被老王公紧紧地夹在钳子里，继而放了又大又平的铁墩子上。另一个徒弟早已拿好锤子站在老王公的对面。刚才那个拉风箱的徒弟也早就提起一个大锤子递给了老王公。老王公接过那个大锤子，抡起来就敲打在那块通红通红的铁上。

　　打铁也挺好看的呢。邻居们越聚越多。

　　我和老妈站在最里面一层。她对我说："你仔细看牢，铁是怎么打出来的。"我就一边吃着晚饭，一边盯着仔细看。

　　只见老王公左手的钳子不断翻着那块铁，右手的锤子"叮"一声敲下去，对面他徒弟的锤子"当"一下地接着敲。就这样"叮叮当当""叮叮当当"，来来回回，这下那下，那块铁被翻来覆去地捶打着。

老妈说："你看那块铁，它被烧得这么烫，又被这样打来打去，一切都是为了成为一块有用的铁。"

我本来觉得打铁虽然好看，也挺普通的。但被老妈这么一讲解，那铁就不是一般的铁了，打铁也不是一般的打铁了。

接着再看，那块铁已经渐渐地不红了，敲开了几层铁屑之后，铁块上已有了明显的痕迹。我还以为打好了呢，没想到老王公又把这块铁重新夹回了火炉子里，徒弟又用力地拉起风箱。老王公早已经汗流浃背了，边上的徒弟赶紧拿起大蒲扇给师父扇着。这个跟着打下手的就是活泛一点的徒弟，那个拉风箱的就是憨厚一点的徒弟。

老妈告诉我，打下手也是不容易的呢。胆子要大，眼睛要准。最重要的是，要跟师父配合好。如果配合不好的话，两个人同时下去，就乱了。还有呢，锤子落在哪个位置上也很重要。这些都是要慢慢学习的，三年才能出师呢。

不一会儿，老王公示意徒弟打开火炉子的小铁门，又拿钳子把那块通红通红的铁夹了出来。这边的徒弟见势，赶紧抢起锤子，师徒两人又开始"叮叮当当"打起铁来。

　　老妈又在一旁讲解了："喏,这就是趁热打铁。铁刚从炉子里拿出来,最好打。为什么呢?因为铁冷了就硬了,热着就软。趁着软的时候,要不断地打。打到冷的时候,想要什么形状就打不出来了。"

　　经老妈这么一说,我又长了见识。这就是书上所说的"一鼓作气,再而衰,三而竭"了。原来书本上的哲理跟生活中的常识是息息相通的呀。

　　我问老妈,到底要打多少回呢?

　　老妈说："这个也说不准。打不同的东西,也不一样的。因为铁冷了硬了,就没法再打了,所以要不断回热。一般来说,回热个七八次要有的。复杂一点的话要十次以上。一次两次是不可能打成的。你看看,打铁师傅多少辛苦,这块铁要经受多少磨难。要成为一把锄头、一把剪刀、一把铁锹、一根钉耙多么不容易!它要经历千锤百炼。所以呢,做人也一样的。就要从小多磨炼磨炼,你这块铁也要大家好好来敲打敲打。老师管你,长辈管你,那都是在敲打你。就是在不断地敲打之中,让你慢慢成为有用之才。不然的话,一辈子都是废铜烂铁,派不了什么用场。"

　　看着红旺旺的炉火,看着那块终于成型的铁,我觉得老妈说得真有道理。

　　最后，老王公把那块终于打好的铁又一次回热，然后一下放进了冷水里。"嗖——"一声，那铁发出了尖刺的声响。真是"冰火两重天"啊，原来这样做是为了让它迅速定型。其实人也是这样的啊，冷热苦辣，都要经受，然后成型。这是我后来悟出来的。

43. 经历过事情，才懂得道理

老妈说："你知道'明白事理'是什么意思么？事就是理，你经历过事情，才懂得道理。那些事情会告诉你生活的道理，明明白白，不用你去领悟，就活生生摆在你面前。你不用思考，就已经懂了。所以呢，人活在这个世界上，就是来经历这些事情的，然后懂得道理。"

哇，说得多么有哲理。老妈这话里有话的开场白，每次都让我觉得有探寻的欲望。总觉得老妈的话里面满满的都是道理。那可是充满了内容和意蕴的好东西。用现在的话说，都是干货，不掺任何水分的。

那比如说呢？我这样讨教老妈。

"比如说，你要明白死是怎么一回事，你就能够明白活着是怎么一回事。如果你死过一次，那么你就不会去问为什么活着。活着本身就是最好的回答。在死亡边缘的人，他最大的梦想就是让我活着，继续活着。"

这又很有道理。我们不是都在探寻人生的意义吗？那么多人寻找过，试探过，但是还会有那么多人在问。虽然有各种各样的回答，但是我们还是不死心，不认为这样那样的回答已经能够让我们心满意足。人只有自己找到答案，才肯信服。老妈的意思是，道理讲死了，你不会去听的。一旦自己经历了，你马上就领悟了，开窍了。看来千条理论不如一次实践呀。所以呢，人生必定要亲身经历才有意思。而人生的意思，也就在于你所经历的一次又一次的事儿。虽然这些事儿可能也不是什么大事儿，不是什么了不起的事儿，但是它让我们生活在现场和当下，让我们领教真正的生活的道理。

老妈说："你看，我们全家都死过一次。人活着是多么不容易。不用去说远的，也不用去说电影里的、小说里的，就看看我们自己，你就明白了。"

　　这一说，倒还真是呢。单说我自己吧。小时候暑假到外婆家玩，跟着小伙伴到溪水里游泳。我不会游，但喜欢在水里泡着。溪水清清的，凉凉的，看得见水草和鹅卵石。游着游着，他们又到另外的地方去了。我也跟了过去，没想到一脚踏空，跌进深水区了。原来那边的溪水比这边深多了，不会游泳的人是不会过去的，但我根本不知道，小伙伴们也忘了跟我说。他们越游越远，已经游到很远的地方去了。而我一个人在这里，越挣扎越往下。我依稀还听到，岸边的人说，瞧这小孩多厉害，还会凫水呢！我大声地跟他们解释，我不会凫水，我就快没命了，快点救救我！但是我一发声，就被淹没了，嘴里咽了好多好多水。我觉得身子越来越重，人越来越往下沉。我的手里紧紧地握着外婆给我买的新凉鞋，我盼望了一个夏天的好看的凉鞋。因为我在挣扎的过程中，它们已经掉落了下来。我在落水之时，依然一把把它们抓住。但是，越来越觉得没有力气，喘不过气来了。我想我就要死了，反而不慌乱了，内心出奇的平静。我撒开双手，把那双心爱的凉鞋扔了。我在心里轻轻地跟这个世界告别。虽然我还很小，十来岁的样子，但是我的内心升腾起一种庄严而安静的氛围。别了，我所爱的人世间。我真的这样轻轻地在心里吟唱起来。

　　直到一双大手稳稳地抓住了我，把我抱上岸。是路过的一个大学生哥哥救了我。如果他再晚来那么几秒钟,我也会成为外婆那个村子里每年必有的溺水而死的小孩之一了。

那一次给我的感受是什么呢?在死的边缘,任何东西都是抓不住的。即便是最心爱的凉鞋,也只能放弃。所以,外在并不重要。即便你那么爱,但是没有了生命,一切都没有了附着之地,存在是虚无的。

而弟弟呢,是很小的时候,老妈带他去砍柴,他自己去摘花,踩着踩着踩空了,从悬崖上掉了下去。老妈差点吓晕过去,不知道是跳下去好,还是从旁边的山路上跑下去好。直到她飞奔下去抱起弟弟,过了好久,都听不见弟弟哭一声。快到村口了,他才"啊"一声哭出来。老妈悬着的心才放下来一点。到了医院,缝了十多针,挂点滴,打青霉素。弟弟一直昏迷着,等他醒来,第一句话就是:"妈妈,我要吃西瓜。"老妈赶紧买了西瓜切成小片喂他吃。他马上不觉得疼了。医生说,还好石头没有插到动脉去,就差一点点了。如果插进去了,小命就没了。这次的死亡事件,让弟弟知道了西瓜是世界上最好吃的东西。有西瓜吃,生活就是最甜美的。

老妈的死亡事件是因为宫外孕。在我和弟弟之间,老妈还怀孕过一次。但是胎儿堵在输卵管,输卵管爆炸,引起大出血。也是很凶险啊，如果晚去医院十分钟，也是性命不保呀。老妈说，捡回一条命，就会知道命是多么值钱。

　　而老爸，是因为在骑摩托车的时候避让一个横穿马路的小学生，自己被卡车撞倒在地上，昏迷不醒。因为是晚上了，这条路上没有什么人经过，所以，躺在那儿很久了，都没被人发现。过了好久，才有一个好心人打了120，把老爸送到了医院。牙齿脱落了四颗，半边脸失去知觉。如果那天晚上没人发现，老爸也就没命了。医生也说，还算好，不但命捡回来了，头脑还灵清，没有脑瘫，算是福大命大了。老爸也非常感恩，他认定行事端正、心地善良，必然好人得好报。

　　老妈说得对啊，人不经事，就不会成长。事情就是道理。经历了，才懂得生命的价值和生活的意义。原来，最不起眼的每一天都值得去爱，去欢喜，去好好过。

44. 这点风风雨雨算什么

　　老妈一天到晚都笑呵呵的,从我记事起,就没有什么事情让她忧愁过。无论晴天落雨,卖多卖少,有赚没赚,她都一样开开心心地回家来。如果回来得早,吃了晚饭,洗了碗,还能听到老妈唱一小段。什么《桑园访妻》《记得草桥两结拜》《手心手背都是肉》,这些好听的越剧选段,我是从小听到大,一段一段的,连我都会唱了。

　　我问老妈:"你怎么就那么高兴呢,每天这么辛苦,还这么乐呵?"

　　老妈笑笑说:"我就算讨饭都高

卡通老妈

兴。"

"讨饭有什么好高兴的? 你看到过讨饭人笑着讨饭么?"我朝老妈眨眨眼睛。

老妈说:"要是轮到那个地步,我就笑着讨饭。反正都要讨饭,你愁眉苦脸也要讨,你开心乐意也是个讨。讨饭就讨饭,也没有什么好怕的,只要还有一口气在,都可以努力,都可以改变。不能一下子改变,那就努力奋斗,耐心等待。总有一日,会翻身,会改变。要是你垂头丧气,你等于把你自己的信心都弄丢了。没有信心么,你永远只能讨饭;有了信心,命运就可以改变。慢慢地,就会越来越好。"

我故意逗老妈,就继续问她:"老妈,如果你真的是一个讨饭人,那你怎么办?"

老妈认真地回答道:"如果真是一个讨饭人,那我就认认真真讨饭,我不怕难为情,我也不埋怨社会,不埋怨任何人。我一边唱歌一边讨饭,一边给自己打气,一边给走来过去的人带去快乐。这样,我也等于参加劳动了,也等于给他们做出了自己的小小的奉献,我拿钱也就心安理得了。我还可以捡破烂卖,只要有点小本钱,我就可以做小生意,贩水果卖,贩蔬菜卖,都可以。只要我用心去卖,我照样能够从讨饭人变成衣食不愁的人。只要有双手,你就可以去劳动,只要努力去劳动,一切都可以拥有。你说对不对? 所以,又有什么好伤心、好忧愁的呢? 你用这心思去忧愁,还不如用这心思去思考出路,去努力奋斗。你说对不对?"

老妈说得真心好啊! 怪不得这么多年风里来雨里去的,都没见她说过一句不开心的话。有好多次,风太大雨太大,老妈骑着自行车,撑着雨伞,伞都翻了,自行车都漏气了,她依然唱着歌回来。回家之后,还哈哈大笑。我们看她衣服都淋湿了,头发上的雨水还在往下滴滴答答呢。我们都说她太辛苦了,她笑笑说:"这点风风雨雨算什么,等会儿煎个姜汤喝喝,马上就好了。困难面前,你别见着它怕,你越怕,它越显得威风凛凛。你不把它当回事,它就是小事一桩。"

我看老妈说得激情澎湃的,真心被她的革命乐观主义所折服。老妈在我眼里带着迷人的光环。她不仅自己这么去做,还鼓励我们姐弟也这么去做。我和弟弟上小学起就学会了骑车,爸爸妈妈忙,我们都是自己骑着自行车去上学的。上学的路上也会碰到一些麻烦,摔倒了,不小心撞到人了,我们都能自己解决。链条坏了,还能自己修。

有一次,天气恶劣,我们刚骑出去就摔倒了,想着老妈因为家里有事,这天没出去,我们就折回家来,想要老妈送我们上学。

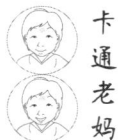

没想到,平时那么温柔,对我们好极了的老妈一把把我们重新送出门去。

她对我们说:"古老话说过,有娘作娘妖,无娘自己熬。你们见我在家就妖起来,娇起来。你去看看那些没娘的孩子,他也只能够自己熬出来,比你们刻苦努力,也比你们有出息。这点风不算什么,这点雨也不算什么,长大以后到社会上,碰到的风风雨雨更多更大,到时候谁给你们遮风挡雨。你们从小就要学会不向困难低头,努力再努力,勇往直前!这样,长大了才能够独立。记住没有?"

说完,老妈又对着我们笑了笑,把我们俩的雨披重新理了理。我和弟弟没了退路,就勇敢地冲进雨帘之中。很快就到学校了,确实像老妈所说的,你越怕它越大,你不怕,它就变得小了。

后来果然就长大了,果然就来到了社会上,果然就碰到了越来越多也越来越大的风风雨雨。老妈虽然不在身边,但我时时想起老妈说过的话:"只要心情愉快,再辛苦都不算辛苦。只要信心十足,任何困难都不是困难。"于是,我也学着老妈开心地唱着歌,笑呵呵地迎接着麻烦和困难。我想,只要我笑着,困难就变小了;再笑着,它就迎刃而解了。

第五辑

卡通老妈主意多

45. 你要名牌，我也要名牌

　　我们家虽然不算富裕，但也殷实。在那个年代里，周围也有缺衣短食的家庭，但是我们家从来没有短缺过。所以，我跟弟弟没有过过一天的苦日子。当然也没有像现在的小孩一样要什么有什么，从小毛头开始，穿的衣服、裤子，用的奶瓶、餐具，几乎都是名牌。

　　但不知道从哪里遗传来的"贵族"血脉，弟弟从小就崇尚名牌。运动鞋，他要穿耐克；照相机，他要买海鸥。在他的导购下，我们家很早就有了冰箱和微波炉，而且还都是响当当的名牌。

　　他对名牌有十二分的痴迷。他喜欢他用到的每一样东西，哪怕是一支笔、一盏灯，都要结实、耐用，造型独特而美观。他还把这些东西拆开研究，然后小心翼翼地装回去。什么螺丝钉、螺丝帽、小扳钳、老虎钳，都是他每天要接触到的东西。渐渐地，他倒是连电器都能修理了。电视机坏了，也能拆开检查，然后重装一下，又好用了。后来造了新房子，一楼到五楼的电线都是他铺的。他还给家里装了门铃，从一楼通到二楼，一楼的人一按门铃，二楼就响起来了。真是个小小科学家。

　　话说，他样样要名牌，节俭的老妈哪里肯依呢？再说家里也没有这么多闲钱给他买名牌啊。钱是要留着派用场的，怎么可以这样浪费掉？但是弟弟对名牌的向往并未减少丝毫。他并不是贪慕虚荣，喜欢在同学面前显摆显摆。他是真的喜欢那些做工精良、造型考究的物品，喜欢到要去研究、探求。我还记得他为了要得到一个什么，竟然写了长达二十页的申请书。老爸老妈一页一页翻看过去，硬是缠不过他，给他买了。

　　这样几次之后，老妈懂得弟弟的脾气了。好吧，你既然喜欢名牌，我就跟你说名牌。老妈对弟弟说："好，你要名牌，我就给你名牌。但是，你要名牌，我也要名牌。读书要名牌，做人要名牌。中学要读名牌中学，大学要读名牌大学，做人也要做名牌人物。

我苦点没关系,也要把你们两个培养上去。"

她还说,名牌要跟名牌相配。你身上东西都是名牌,你这个人不是名牌,那也不是真正的名牌,那是假的名牌,虚的名牌,没有货色的名牌。那名牌人物是怎么个人物呢? 老妈说:"要讲信用,讲到做到。读书的时候像个读书人,以后到社会上要做出一番事业来。对别人有贡献的人,才算是名牌人物。"

接下去,老妈的要求可高起来了,管作业管得更严了。考试考得不好,可是要批评的。弟弟为了得到他想要的名牌,咬咬牙就把作业给写了。不但要及时完成,还要讲究准确率。只有平时一点一滴地认真学习,考试才能获得好成绩呀。如果得不到好成绩,就不是老妈口里的名牌学生,这样弟弟也就得不到他的名牌鞋子、名牌衣服了。

老妈说:"你要享受,就要付出;你要好,就要勤劳。都是公平的。"

这一招可把弟弟给制服了。

后来长大了,弟弟果然考上名牌中学、名牌大学。他走进浙江大学的时候,果然是穿着一身名牌进去的。

这就是老妈所说的名牌配名牌。说实在的,老妈是心痛的。平时一双鞋子几十块就够了,一双名牌鞋子非得要好几百。但是

老妈说到做到，还是给弟弟买了。弟弟也说到做到，果然考上了名牌大学。

后来，老妈又跟弟弟说："你工作要名牌，你的公司要成为名牌公司，你找老婆要找名牌老婆，你的小孩也要教育成名牌小孩。这样才对得起你身上穿的名牌。总之你一切都要名牌。"

哈哈。我问，什么是名牌老婆？

老妈笑着说："学历高，相貌好，性格温柔，身材苗条，待人热情有礼貌。总之，一切都要好。"

然后对着弟弟说："你有本事就给我娶一个名牌老婆来。你要名牌老婆，自己也要配套。不然，她为什么要嫁给你呢？你要有事业心、上进心，要有个人魅力，还要体贴她、爱护她。她觉得有安全感，才可以托付终身。"

哇，老妈懂得真不少啊。

"那什么又是名牌小孩呢？"我又好奇地问老妈。

"名牌小孩不娇气，讲道理，知书达理，聪明伶俐。就看你家长怎么教育了。教不好，就完了，害了小孩，害了自己，也害了社会；教得好，对他一生有益，对社会也是大大的有益。"

哈哈，看来弟弟的名牌人生任重而道远，必将上下而求索了。

46. 老妈做媒

老妈端坐在水果摊前,陆续有人围过来。

一个中年妇女上前,跟老妈戚戚促促。老妈摆摆手,跟那人说:"不相像,我不讲。"那人央求老妈再三,老妈依然摆摆手。

我当是什么事儿,凑近一听,是那人想要老妈做媒,把谁谁谁的女儿讲给自己家的儿子。

那人遭了拒绝,一脸不高兴。老妈说:"不相信,你叫别人去试试看,跟你说不相像,就是不相像。要不,我给你观

察观察,找一个相像的?"

那人走后,我问老妈:"怎么就不相像呢?"

老妈说:"她家里是有点钱,就独个儿,日子是好过。不过,她儿子贪吃懒做,没什么花头。人家女儿白白嫩嫩,大学刚毕业,虽然说家里没什么钱,但样子好得很,聪明伶俐,又会唱又会笑,讲给他不是太可惜了?"

我继续向老妈讨教,她二十桩媒事做下来,都有了哪些经验之谈呢?

老妈说:"我做媒不乱做。不在于数量,要在于质量。二十桩媒做下来,这二十对人都太太平平、无风无浪。忖忖也奇怪,我做媒还包生儿。二十对总有十七八对生的都是儿,还有两对都是两个儿。"

我笑说:"现在女儿吃香了。"

老妈说:"农村不跟你这样讲。都中意第一胎先生个儿稳稳心,第二胎生囡么也高兴。做媒做媒啦,第一条就是讲要相像,要有缘分。古老人讲,不要十全,只要合缘。男啊一样,女啊一样,十全十美的人你到哪搭寻?只要合拍、合缘,就是上上之选。"

"那怎么知道他们合缘不合缘呢?"我很好奇。

老妈给顾客称了苹果之后,继续跟我说:"这个么,做媒的人平时要多观察观察。缘就是边缘，就是角角落落的地方。比方讲，这个男人很有本事，但个性强了一点，有点脾气。那么，就要配一个温柔点的女人，可以忍受男人的脾气。这样，他们之间的角角落落就配好了，就像模子一样，别人凸出来的地方，你要凹进去，这样日子就会过长久。不然的话，别人凸，你也凸，就没的日子过；别人凹，你也凹，家庭就不会发展。所以讲，厉害的男人要配温柔的女人，厉害的女人要配忠厚的男人。这样配起来，肯定错不了。"

这么说来，做媒还要涉及伦理学、关系学、心理学等方方面面呢。

老妈说："所以说，择亲不如择媒。媒人有时候比亲人还重要。做媒做得好，就是功德，对别人一生一世都有好处。做不好，害两个家庭，还害了小猢狲（小孩子）。所以讲，媒不能乱做。别人寻上门，叫我做媒，我忖忖不相像的，我就不做。这个又不是卖水果，好吃难吃也害不了人。我都是自己暗中观察，感觉这两个人蛮相像，我就添他们头亮，点醒他们。结婚的时候，叫我去讲话，我就讲，这两个人这么般配，自己都不识得，我只不过是在黑暗中把电灯拉拉亮。哪里想到，一拉就灵，一做就成。说明这两盏灯都是好灯，不然怎么拉都拉不亮。大家都说我讲得好，都给我

拍手呢。"

哈,老妈的口才从来都不一般!

老妈跟我说:"人啦,要学会欣赏对方。大方向不错,就不错。一些小细节不能太在意。不然的话,老早让别人抢去了,哪里轮得到你呢? 反转来,你尊重他,他尊重你,互相都看出对方的好,那么好感越来越多,感情也越来越深厚。比方讲,我把冬冬讲给飞宇。一开始,飞宇嫌冬冬用钞票大手大脚;冬冬嫌飞宇太老实,点菜欠大出手。事实上,你仔细忖忖,男人小气点,会把家,钱不落别人手;女人大方点,男人会更用力赚钞票。"

哇,老妈连这个都懂。

"所以我反转来讲给他们听,缺点都变成了优点。再讲,夫妻双方还可以互相影响的啊,又不是一成不变的。你有本事的女人,可以调教男人的,对吧? 有本事的男人么,女人自然崇拜你,听你了。"

话说,不久前,家里就送来了一对猪腿。老妈又促成了一桩喜事。把县城里的海游图讲给乡下农村人,老妈真敢讲,还让她讲成了呢。

"这也不奇怪。你农村人想要讨海游图,总要付出点代价。不然,别人贪你什么呢? 所以,我给他重新包装包装。本身,他人白,帅,范子好,这个没有问题。但是你家在农村,就不对。所以,我让他房子买海游,先证明有这个实力。另外,他家里有厂,有企业,资金可以源源不断。再讲,农村人天生本分,连公公婆婆都这么本分,你到哪里去找这么好的人家呢?海游囡本身也不娇气,是有福之人。我跟她讲,你海游人嫁给海游人,别人不稀奇;你海游人嫁给农村人,你公婆都把你当个宝嘞。再讲,现在的农村有什么不好啦? 要什么也有什么。再买一辆车,十五分钟到海游。你要住县城也可以,你要住农村也可以。要热闹有热闹,要清净有清净。"

　　老妈还偷偷告诉我:"肚子里已经有了。还喜欢住农村呢,说自己种的菜好吃,农村的水清爽。你看看,我说相像就相像。"

　　老妈那么得意地说起她的做媒史,我再没见过比她更可爱的媒婆了。

47. 老妈取名字

大肚子那会儿,回家过年,让我妈给肚里的孩子起个名字。

老妈放下收摊回来没卖光的各色水果,人还没坐下,一拍桌子,脱口而出:"快快!"

全家顿时空白了几秒钟。

老妈高声喊道:"快快,我就叫他快快! 无论你们出什么名字,我都要叫他快快!"

我第一个就通过了。爸爸、弟弟、孩子他爸都一一通过。大半年呢,想了不少名字,都不能全票通过。要么太文绉绉了,要么很多人叫了。这下子,被老妈一语道出,一个雅俗共赏的名字就这么出现了。

老妈说:"今日特别有灵感。名字老实不好出。这摞人带小佬人到我这搭买水果,我都要问问小佬人的名字。有些名字也蛮有讲究的。有个小佬人名字叫'润润','湿润'的润。听起来简简单单,我一问,意思好得很嘞。原来他的名字是外公出的。他妈妈是三门人,姓王。你看,这个'润'字,三点水就是三,一个'门'里面,放个'王'字,多少巧妙啦,你摞读书人不一定会忖着这么巧妙的名字嘞。"

我忙问小润润的外公是干什么的。老妈说是市场里卖膏药贴烂脚的。智慧在民间啊。

老妈还说了一个小孩。她爷爷给她取名"诺诺",因为她五行缺金,"诺"就代表"一诺千金",叫"诺诺",就什么金都来了。

还有一个小孩姓吕,索性名字就叫吕品。以后肯定是辩论高手,五张嘴,谁都说不过他。

我忙问老妈,怎么想到"快快"这个名字的呢?

老妈对我说:"你刚才叫我出名字,我脑子里突然跳出四个字——多、快、好、省。简单地讲,就是数量多、速度快、质量好、成本省。毛主席那年代不还说'鼓足干劲,力争上游,多快好省地建设社会主义'吗?"

哇,我们都拍手称赞老妈。

老妈继续说:"快,就是快索索,头脑要转得快,事情要做得快。快是速度,也是效益。快还是一种心态。爽快、愉快、欢快、大快人心,这摞都是好词啊。一辈子开开心心、快快活活,什么难事、麻烦事、烦恼事,全部都一笔勾销,一笑而过。一个'快'字,保一世快乐、一世平安。"

就这么定了,非叫"快快"不可。

于是,从那天起,这个地球上就多了一个"快快",虽然他还没有出生,但已经拥有了一个被祝福的好名字。

这真是有着浮想的名字呢。我想到了《说文解字》里的解释"快,喜也";宋玉《风赋》里面有"快哉此风"的句子;古乐府不也有"健儿须快马,快马须健儿"的名句么;还有苏辙的名篇《黄州快哉亭记》。我还想到了快乐如意、快意人生。怎一个"快"字了得! 真是可俗亦可雅。

我一个劲儿地表扬老妈。

老妈说:"你外公出名字才真叫一流呢。那时候,四圈八面生了孩子,都叫你外公出名字。喏,我们老屋隔壁美素阿姨的名字,就是你外公出的。当年,美国跟苏联冷战,你外公讲,美苏美

苏快点好转去,就叫美素吧。又是美丽朴素的意思。女孩子呢,就是既要美丽又要朴素。"

啊,原来是这样。外公真是有文化!

老妈继续如数家珍:"你美素阿姨的哥——有恒娘舅的名字,也是你外公出的。他辈分是'有'字辈,名字的第一个字必须是'有'字。有恒有恒,就是讲做人要有恒心。这名字多少好啦。还有好笑的嘞,老屋对门头的多勤公,他的名字也是你外公出的。他是他爸当年在外头搭小老婆生下来的。他是'多'字辈,你外公讲,细佬人(男孩子)要勤劳,就出'多勤'好了。多勤劳么多收获。事实上,他名字还有一层意思,你外公告诉我,就是'多情'啦,是笑他爸太多情。"

哈哈,我们笑成一团。

我说,外公出名字这么好,怎么两个舅舅的名字都不见得好呢?一个叫"有大",一个叫"有家",没有什么深刻的意思呀。

老妈说,你把这两个名字连在一起读读看。

哦,恍然大悟!舅舅就是"有"字辈的,有大,有家,就是心中要有大家。

从这些简单而又意蕴深远的名字中,我可以想见外公的智慧和胸怀。可惜,当我懂事的时候,外公已经罹患痴呆症了。

尽管由于家庭成分的缘故,成绩优异的老妈在小学毕业的时候被迫停止学业,卖了半辈子水果,供我和弟弟上学。所幸总有些东西还是传了下来。我妈,我,弟弟,还有快快,我们都一脉相承着外公的智慧和胸怀。我们都觉得外公一直居住在我们心灵深处的某一个角落。

满屋子里,依然听得见老妈嘻嘻哈哈的笑声。她那么快乐,从不曾觉得谁亏欠了她。

她接着跟弟弟说:"你以后的孩子就叫多多,无论你们出什么名字,我都叫他多多!"

而今,小学生快快都要上五年级了;憨憨的小侄儿多多也六岁多了呢。

48. 把心意创造出来

过年回来,老妈又塞了我们一车好东西,各式各样吃的。

其他倒也罢了,但有一袋番薯串,惹得我连连赞叹。老妈把番薯去皮切片,一片一片晒起来,晒成番薯干。接着呢,她摘了一些棕榈叶子,用棕榈叶子把番薯干一片一片地串起来。我把番薯串拎起来看,她把每片番薯干中间挖一个小洞,用棕叶穿进去,一片番薯干与另一片番薯干之间,她打了一个牢牢的结。多好看,多别致啊!

这样的番薯干,看着怎么就感觉跟

其他番薯干那么不同呢? 我说,老妈,你让平淡无奇的番薯干升华到了审美的高度,你太了不起了,你创造了诗意,创造了美!

老妈骄傲地说:"那是当然。凭什么事情,都要讲个创意。有了创意,事情就做得合拍,做得美满。就像画龙要定睛,花香要画蝴蝶,水清要画鱼游,创意创意,就是讲,要把心意创造出来。有了心意,才能够与众不同、脱颖而出。"

哇,老妈连这么高深的艺术境界都懂!

"所以说,色、香、味很重要。色甚至还被放在第一条。为什么呢? 颜色好看、可喜,造型优美、独特,你就有了吃的欲望。普普通通的番薯干,你可能吃不吃无所谓,看不上眼。但是,经我这样一串,是不是就很可爱、很有趣、很想吃啊?"老妈笑眯眯地看着我。

我忙说,是是是。

老妈接着说:"而且我这个番薯串用棕榈叶来串不但让你看着好看,也让你吃起来更好吃。"

老妈得意地看着我。说话间,她就抓了把红米,扔下一串番薯串,咕嘟咕嘟煮起番薯粥来。不一会儿,满室清香扑鼻! 哦,是棕榈叶的清香。

这样的香味似乎把我带到了童年的山头。我们自家种的棕桐树下,我和弟弟追跑笑闹。跑累了,我们就躺在棕榈树下,山野的清风吹过来,棕榈树的叶子发出小小的声响,从叶子中间泻漏下来的阳光,照着我们八十年代快乐的小童年。

等到粥煮好,老妈舀了一碗给我喝。哦,粉粉的番薯,糯糯的米粥,还有棕榈叶的清香,好看、好闻又好吃。是老妈的创意让我吃到了童年,吃到了家乡,吃到了那个故去的年代。

老妈说:"各行各业都需要创意。做什么事情都需要创意。有了创意,你的创造就有了生命力,你创造的东西就是活的,鲜的,会动的。"

我想起小时候,家家户户的妈妈们都在织毛衣给自己的孩子穿。老妈很忙,但也会抽空给我和弟弟织毛衣。什么元宝针、桂花针,我也在旁边学着打过。

当其他的妈妈织着这些花样的时候,老妈就在毛衣上"写字"。老妈在弟弟的毛衣上织了"北京"两个字,在我的毛衣上织了"上海"两个字。这就是老妈的创意了。

当我们穿着写着字的毛衣去学校的时候,同学们都投来极其羡慕的目光。还有些同学一回家就央求他们的妈妈也织我们这样的毛衣。

等到他们的妈妈也开始学会在毛衣上"写字",老妈又在我们的毛衣上动脑筋,想花样。我还记得,读小学的时候,我有一件毛衣,上面织着一串饱满的葡萄。稀奇的是,这串葡萄还是立体的,用现在的话说就是 3D 的,葡萄颗粒是挂在毛衣上的,一颗颗都能摸得到。这是老妈的得意之作,每天都有很多阿姨围着我看,研究着葡萄是怎么织上去的。

我说起这些的时候,老妈开心地笑了。

老妈顺便拓展开去,说:"就像你当老师,给学生上课,也要讲创意。你照书读,学生肯定不想听。你要有趣、生动,从学生感兴趣的事物入手,你就能获得学生的心。学生愿意听,老师也高兴。不然,课堂里死水一潭,学生不听,老师也没有意思。"

老妈说得真不赖呢!没有创意的课堂就是刻板的、教条的,别说学生了,我自己也讨厌这样的课堂。所以,每一次备课,都要想好从哪里入手更巧妙,知识点怎么组织、怎么串联更有意思,收尾要怎样收,点睛要怎么点,也真是费思量,同时也是颇多意趣的事。

我问老妈:"那创意是怎么来的呢?"

老妈想了想,说:"创意从灵感来。灵感要靠平时积累。多想想,多问问,多学习,多吸收养料,肚子有货,关键时候就有货不愁穷,拿出来就是。人的脑袋也真奇怪,面积不算大,能源可不少。你越思考,它越发达,平时多储存,用着时就丰富多彩了。所以讲,有创意的人都是有智慧的人。智慧闪闪亮,你的创意就用不完。"

哈哈,老妈说得真有创意呢!

49. 老妈的小人书摊

老妈干过的营生可真不少呢。在老爸厂里做了几年临时工之后，活渐渐少了，厂里就把临时工都辞退了。老妈一点都没有灰心。她说，本来就是临时工，这几年有的做，就是多出来的，已经很不错了。现在出来了，我们自己想办法。办法都是人想出来的。只要思路对，人肯干，说不定比当临时工赚得还要多呢。

老妈说干就干。

做什么好呢？老妈从村头走到村尾，一边走一边想。各行各业都有人在做了，你再插进去，也做不出什么花头。那时

候,人们还不那么作兴吃水果呢,所以老妈卖水果是再过了几年之后的事情。老妈看到了我们村里的学校,她要做学校的生意。学校里有的是学生,学生都有点零花钱。对!照着这个方向去想,一定能够赚到钱。

这个学校不是村里的学校,是县第二中学,档次还挺高的。为什么坐落在我们村里呢?我们村子背山面水,是读书的好地方。更何况,那时候的学校提倡半读半农,我们有田地,有果园,学校就可以组织学生过来学农。那时候,我就看见漫山遍野的学生在橘子树下给橘子树锄草、上化肥。

怎么去赚学生的钱呢?学生会买零食,棒冰呀,糖果呀,面包蛋糕呀,巧克力呀。这些县城来的学生,还是有点钱的。但是这些都有人在卖了。老妈该卖些什么好呢?

老妈接着就去县一中考察。考察了半天,就有了主意:她要出租小人书。县一中的小人书可有人看了。学生一下课或者中午休息的时候,就到小人书摊上来看书。两分一本、五分一本的都有。这样一天下来,能够赚个好几十块的呢。这可是又干净又体面的小生意啊。不需要烧,不需要洗,不怕过期,不怕坏掉。人家煮茶叶蛋,卖火腿肠,还要烧烧煮煮的呢,煮多了怕卖不完,煮少了怕不够卖。出租小人书就不存在这些问题了。二中还没有小人书摊,老妈去摆一个,刚刚好。

第二天,老妈就进了好多小人书。进哪些书,她也是考察过的。从一中那里都把人家的书名给抄过来了,然后到县城新华书店去买。老妈又自出聪明,把她认为学生会喜欢的小人书一并买过来。这样子,老妈这个小人书摊就摆得像模像样、琳琅满目了。果然,一下课就有很多学生围了过来,这个递过钱来,那个递过钱来,下课十分钟刚刚可以翻完一本薄薄的小人书。中午休息时,傍晚放学后,就可以看更长的时间、更多的小人书了。

老妈坐在摊位上,笑吟吟地面对她的顾客,一群可爱的中学生。如果有人头低得太低了,老妈还会提醒他要注意眼睛。如果有人把书翻得太用力了,老妈也会轻轻提醒。

老妈看小人书生意挺好的,她只要收收钱就可以了,一点都不累,早上和晚上摆摊和收摊,老妈不会把自己闲着,于是她一边打毛衣,一边顾着小摊子。那些中学生穿了好看的毛衣,她还会去看样式,学着打给我和弟弟穿。

再过了些天,老妈觉得还可以顺便卖点其他什么,这样赚来的钱就会更多。她就在书摊边上放了个小柜子,里面是一堆堆的花生和瓜子。全部都包好了,五分钱一包。那些学生看完小人书也会买一包回去吃吃。后来又卖山楂卷和豆腐干,老妈包装得小巧可爱,学生们也挺愿意买。

　　每当老妈收摊回家,我们的作业也快写好了。我和弟弟也很喜欢看老妈的这些小人书。这些小人书里,还真有很多好书呢。它们小巧玲珑,翻起来很方便。它们是名著和文学作品的浓缩,还配着好看的插图。曾经有一度,我们也迷醉在小人书堆里了。那上百本小人书,我们翻了这本,又看那本。过一段时间,老妈又会去进新的。《红楼梦》《西游记》《桃花扇》《西厢记》应有尽有。《三毛流浪记》《小兵张嘎》《泉水叮咚》这些儿童文学也是好看得很。我们为他们喜,为他们悲。尤其三毛的遭遇,看得我们流下了眼泪。

　　老妈看我们这么喜爱小人书,更加高兴了。老妈就是这么把我们养大的。她不怕苦,不怕累,不抱怨,不伤心,有路了就去走,没路了再找路。她想着各种办法去赚钱,就是为了让我们全家都过得好好的、美美的,不缺钱花,开心满足。

50. 老妈的大篮子

　　记得小时候，只要老妈一回家，我和弟弟无论正在做什么，都会马上停下来，不约而同地围上去，把老妈挂在自行车龙头上的大菜篮子拿下来。我们迫不及待地在这篮子里翻找、寻觅。这个大篮子总是能够给我们带来惊喜。

　　这个大篮子非常结实耐用，又大又深又开阔，可以放很多东西。它的底下长年累月地铺着一层厚厚的硬币，那是老妈卖水果时候的找钱。如果积得太多了，老妈会时不时收起一些。一元跟一元的归在一起，五角跟五角的归在一起，然后用报纸把它们一筒一筒地包起来,放着家用。每次老妈要清理硬币的时候,我和弟弟都抢着去数钱、包钱,觉得自己是神气极了的账房先生。平时,老妈也允许我们俩从这堆零钱中随意拿一些作为零花钱。这个不需要跟她汇报。当然我们也不会拿太多。我们拿着零花钱买铅笔、买本子,也买好吃的大白兔奶糖,我们的手头从来就没有紧缺过。

在这些硬币之上,我们会翻找到老妈卖剩下的一些水果,也是特意留给我们吃的。苹果啦,香蕉啦,梨啦,枇杷啦,什么都有,几乎都是卖相不太好了,但一点不影响口感和营养的水果。尤其夏天的时候,老妈会带回来很多很多葡萄粒,是被顾客挑掉下来的那些不成串的一粒粒的葡萄。这些葡萄粒大大的、圆圆的、甜蜜蜜的,又带点略微的酸,可好吃了。洗出来之后,我和弟弟每人都能吃上好几碗。老妈说:"这些人都不喜欢买葡萄粒,其实这些葡萄粒更成熟、更好吃。整串的葡萄你看不出还有一些没成熟的藏在里头,葡萄粒透明的,你每粒都看得见。哈哈,反正他们不识货,还不如带回来给你们吃。"

除了这些,大篮子里还有许多老妈买回来的菜。有新鲜的、红红的小排,有我们爱吃的鸡翅和小肠卷等。还会有一些给我们俩吃的零食。说实在的,在那个物资相对缺乏的年代里,我们家可从来都没有缺过好吃的。相反,我们吃得还相当阔绰、丰富。

每天我们还在睡梦中,老妈早已起来去进货、卖货;等我们放学回来好久了,老妈才骑着自行车回家来。我们一听到大篮子里面叮叮当当的硬币声,就知道老妈回来了,赶紧从楼上冲下来,冲向老妈的大篮子。这个大篮子每天都藏着新鲜的好东西。我们翻看着,翻看着,然后嘴巴塞得满满的,开心地继续写作业。看我们吃得这么香,这么欢,老妈会觉得很有成就感。

我们也知道老妈辛苦,所以在刮风下雨的那些天里,我们希望老妈不要再出去卖水果了,可老妈一天都没落下过。除了落大雪和漫大水不出门,其他的日子里,老妈都早早地起来到市场去,而且她的市场还不是固定的,她要去赶集。今天轮到哪个地方有集,她就赶到哪个地方去。数十年如一日,节假日和过年都不休息,因为这些日子水果的需求量更大,能够赚到更多的钱。

有一年我还在读大学的时候,放暑假坐长途车回家。车到天台时,我不经意朝车窗外看,只见路边一溜儿水果摊,有的在削甘蔗,有的在称苹果,有的在挑水蜜桃。我一抬头,看见了不远处摊位上那个熟悉的身影,是老妈。她正在她的水果摊前,一边给这个算账,一边给那个找钱,一边还要回答另一个的问价。她微微弯着的腰和前额少许的白发,都让我鼻子一阵阵酸楚。而那个

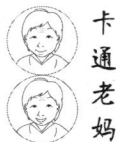

结实的大篮子,稳稳地坐在那儿,老妈在那堆硬币里快速地翻拨着、挑拣着,给顾客找钱。

原来那一天就是天台的集日,老妈一早就从三门出发,带着各式各样的水果,坐着面包车,到天台做生意。而第二天是临海集日,她又带着新的货物,坐着面包车,赶到那里去。老妈就是这么周而复始地去赶集,在我所没有看见的几十年的每一天里。

回到家之后,我跟老妈说:"我们都已经长大了,我们家的日子也好过了,你真的可以歇歇了。不要去赶集了,赶集太辛苦了,你就在三门市场卖卖就很好了,别想着去赚更多的钱。"

老妈笑笑说:"大人懒,小人苦。大人勤力,小人享福。我要通过自己的努力,让你们过上好日子。你们小时候,我都舍不得让你们两个吃苦。卖一日,赚一日,钱赚过来让你们有的吃,有的穿。要是光光你爸爸一个人赚,我们用起钱来就会心痛,也不会那么爽快。积少成多,就是这个道理。"

说话间,老妈又把大篮子里的好东西一样一样地拿出来,篮子底下的硬币也满了很多。老妈把它们全部倒出来,我和弟弟在一旁归类、整理,拿来报纸,一筒一筒地把这些硬币包起来。我拿过大篮子,定睛瞧着,它可是我们家的大宝贝呀。我拿出刷子,把它刷洗得干干净净,然后把它挂回老妈的自行车龙头上去。

51. 要把家里管好

老妈说："现在做女人真是太享福了。洗衣裳有洗衣机，烧饭有煤气灶，洗碗有暖水，打扫卫生还有钟点工。要地位有地位，要钞票有钞票。事业做成功，比男人还奇特。就算没有事业，把小孩带好，别人照样称赞你。以前女人哪里有这么好的福气。不过——"

老妈话题一转，继续道："做女人就要有女人的本分。你工作再忙，事业再轰轰烈烈，都要把家里管好。这一点不能贪懒惰。"

老妈说的"把家里管好"，首先是

把家里人的身体管好。

我们小时候,老妈就订了牛奶场的鲜牛奶给我和弟弟喝。要知道,那时候有些人家里连饭都吃不饱。在其他方面,老妈也舍不得花钱,但是对我和弟弟的培养,她是不惜血本的。老妈宁可自己出去卖这卖那,多做点小生意,也要让我和弟弟过得好。那时候的牛奶真是醇,透新鲜透新鲜,浓得能够冻起来。她说,这摆好东西,一定要吃下去,身强力壮,头脑聪明。我和弟弟每人一瓶鱼肝油,吃完了,老妈又去买新的了。她还给我们熬大骨头吃,说这个补钙,强身健体。虾啦、鱼啦,从来就没有断过。

爸爸下夜班回家还要做点私活,给别人焊铁门啦,刻模子啦。老妈陪在一旁,炖了喷喷香的老酒鸡蛋给爸爸补身体。有时候是红枣鸡蛋,有时候是桂圆茶。老妈的老酒炖蛋这样做:鸡蛋打散,核桃敲碎,姜剁成末,冲入黄酒、红糖,以酒代水,焖在锅里炖熟。核桃补脑,红糖活血,姜和黄酒能暖胃驱寒。老妈说,别看这些东西小,坚持吃,比什么补药都好。

每年冬天将到,老妈都会焖糖肉给我们吃,说是吃了好补冬。糖肉可能是家乡特产了,其他地方少有听闻。老妈会把砂锅拿出来,放上三层肉,也就是我们所说的五花肉,要三分肥,七分精才好。再放上花生、红枣、核桃肉、黑木耳、红糖、姜,也是以黄

酒代水,大火烧开,小火慢炖。炖上三四个小时,关火之后再焖上一个小时。家里早已是香气扑鼻,揭开锅盖,我们抢着吃起来。那肉亮晶晶、软糯糯。连着吃了三四天,才把满满一砂锅的糖肉给吃完了。果然整个冬天手脚都暖暖的,一点都不怕冷。

　　老妈开始卖水果之后,我们就扑在水果堆里吃,天天苹果、香蕉、葡萄、梨。老妈还带我们到山上去吃枇杷、杨梅、橘子,漫山遍野的水果,吃得我们牙齿咬不动了为止。那时候的红心桃真叫甜,皮是红的,肉是红的,连核都是红的。那时候的杨梅,多汁而鲜甜。老妈还把水果浸成酒。杨梅烧酒和猕猴桃酒,这个大家都知道,我就不说了。老妈把荔枝也浸成酒。其实也很简单:荔枝去壳,一颗颗浸到烧酒里面,两三个月后就可以喝了。荔枝酒特别适合女人喝,绵柔、甜稠,酒味不太浓。我心想,当年杨贵妃怎么就没有想到把来不及吃的鲜荔枝浸成荔枝酒呢? 老妈还自己发酵葡萄酒。经她多年试验,按照三斤葡萄一斤白糖的最佳比例,把葡萄和白糖放进瓮子里就可以了。一个月之后,葡萄就会自己发酵,浓甜的葡萄酒就酿成了。我们全家都很爱喝。

　　老妈很喜欢看电视上的养生讲座,还非常认真地记在笔记本上。她还经常背给我们听:“要想皮肤好,粥里放红枣。要想不失眠,粥里添白莲。腰酸肾气虚,煮粥放板栗。心虚气不足,粥加桂圆肉。"还说什么"四只脚不如两只脚,两只脚不如一只脚,一只脚不如没有脚",把我们说得笑晕过去。四只脚是猪、牛、羊。两只脚是鸡、鸭、鹅。一只脚是啥?原来是说蘑菇。没有脚指的是各式各样的蔬菜。意思是说,吃猪、牛、羊的肉不如吃鸡、鸭、鹅的肉,吃肉又不如吃蘑菇,光吃蘑菇又不如吃各式各样的蔬菜。总

之,蔬菜比肉更重要。但老妈认为,最重要的养生之道,就是什么都要吃,不能挑食。按照她的理论,每天吃三十种以上的东西就会营养丰富、身体健康。所谓的三十种以上,包括所有吃到嘴里的东西,作为作料的姜、葱、蒜都要算进去。所以,老妈说,什么都要吃,杂粮、粗粮更是宝。

老妈还提倡吃土生土长、原汁原味的东西。她说超市里速冻水饺、黄桃罐头、芝麻糊,都不知道放了多少时间了,里面都是糖精、味精,没有营养,没有回味。这些都不能偷懒,要自己动手做,又简单又好吃,还省钱。每次到杭州来,老妈都带上自己做的香肠、自己捣的年糕。她说自己的香肠是山上吃番薯长大的土猪的肉做的,你们在城里吃不到。老妈还把番薯晒成干,用包粽子用的棕榈绳一片一片串起来。我看了,直夸老妈心思巧。放在粥里煮,香得不得了。

连爸爸厂后那一片野菊花,都被老妈看在眼里。每年野菊花开的时候,她就嘱咐爸爸一朵一朵采下来带回家。她把这些野菊花洗净、蒸熟、晒干,收在茶叶罐里,带到杭州给我喝。她说我当老师,天天上课用嗓子,多喝菊花茶就不会得咽喉炎。当野菊花在我的水杯里一朵一朵重新盛开的时候,我喝到的又岂止是茶。老妈的话我都重重地记在了心里。

52. 老妈维权

老妈跟我去散步，一眨眼不见了。

转身，发现她已经加入大妈们的跳舞方阵中。一边跳一边跟我说："跟家里一式一样的，调头也一样，脚步也一样。"还告诉我说，这是十六步。

看她在一群杭州大妈中神态自如、脚步自如，还跳得比她们更来劲、更潇洒，我不禁暗笑。

跳了几曲，继续散步。说，怕什么，人么就这样，走到哪搭就适应哪搭。天下的锅都是仰着烧的，都一样的。

我弟逗她说，人家韩国的锅是扑着

烧的。

老妈说,真的啊?什么时候去看看。

我跟弟弟说,让老妈做米胖网站的形象大使。米胖出钱,让老妈一站一站地旅游过去。什么巴厘岛啦,什么吴哥窟啦。

老妈说,好的,好的,做几个麦饼带着路上吃。

老弟说,用三门话写旅游微博,让米友们瞧瞧。

我说,对,再给你个相机,多拍些风景照。

老妈说,那谁给我拍啊?

老弟说,现在流行自拍啊。

哈,这创意真不错呢。

我问她爸爸退休手续办得怎么样了。之前,她告诉我,爸爸的身份证上出生月份是 6 月,而当年进厂证明里的出生月份是 9 月。身份证是对的,厂里的证明是错的。但由于身份证是八十年代才有的东西,所以办证中心认为应该以更早的进厂证明为准。也就是说,要相差三个月的退休金,一万多块钱呢。

老妈跟我诉苦,明明是 6 月份生的,为什么一定要说是 9 月份,自己几月份出生的难道还会错啊,这三个月的钱为什么白白地没了。

我说,让我和弟弟想想办法。

我爸说，算了算了。

老妈说，怎么可以算了。给我一星期的时间，我先解决看看，解决不了，你们再来解决。钱还是小事情，被冤枉了多难受啊，明明是 6 月份出生的，为什么说是 9 月份？钱不拿回来，又没人同情你，还说你没人，好欺负。

没想到，真给她解决了。

我问她怎么解决的。

老妈说，我记住你的话，做什么事都要找到同类项。办退休的人很多，就一个一个问过去，他们有经验。然后，在卖水果的时候，碰见人就说，碰见人就说，一个一个托出去，总有人有路数。总算是翻到了爸爸进厂之前，在村大队里还有一份证明，那儿的出生日期与身份证相符，而且这一份证明比进厂证明更早、更权威。老妈终于拿着这份发黄生斑的证明，给老爸讨回了公道。

老妈一下子成了家里的英雄，大家纷纷表扬她。我爸对她也很敬服。

老妈说，该怎样就怎样，无论碰到什么事情，都要努力努力，"算了""算了"谁不会说。

老妈还说起她维权的光荣历史。

我们还很小的时候，老妈去卖水果。她的水果摊旁边，一个老太婆在卖脸盆。老太婆上了个厕所回来,发现她的脸盆全不见了;而老妈也搬到别处去卖了。她就认定是老妈拿了她的脸盆,报了警。很快,老妈被警车带走了。在审讯的时候,老妈说,对方敲桌拍凳,她就敲得比他还响。对方步步紧逼,老妈绝不承认。老妈说,她最讨厌被人家冤枉了。明明没有做过的事情,为什么要承认。她大声呵斥对方:"我说是你拿的,你承认不承认?!"

对方实在是没有证据,也未能"屈打成招",只好把老妈放了回来。

脸盆随后也有了下落,是一个头天就说好要买的人把二十个脸盆全拿走了。钱在头天已经给了老太婆的。老太婆年纪大了,忘了这件事,就冤枉到老妈头上了。

老妈满腹委屈,冲向老太婆,拖着她来到派出所,找到刚才那个审讯她的人,让他们俩向她道歉,才算了事。

老妈又成了英雄,在整个水果行里,大家都知道她伸张正义、不好欺负。

还有一次,电力公司居然把电话线装在我们家的墙面上。台风来袭,电话线被吹断了。墙面上的钢砖一块块地掉下来,煞是难看。

老妈越想越来气,她就一个人冲到电力公司去把负责人叫过来看。我妈说:"你国家,我私人,你贪我这点小便宜?电话线么要装在电话柱上,你偷懒,连根电话柱啊不肯埋。现在台风打倒,我家墙被弄成这样,你说怎么办?"

对方理亏,赔了老妈钱。

老妈说:"钱是小事情,做事情不能贪懒惰。线断了,还要重新修,不是更麻烦吗?"好好把人给教训了一顿。

隔壁邻居都跑过来看,说老妈这么厉害。老妈说:"有理走遍天下,无理寸步难行。"

老妈就是颗坚强的种子,随风飘散。飘到哪里,就在哪里生长。有事情就去解决事情,没有事情就乐呵乐呵。事情解决了就好了,从来不抱怨,不置气。她跟我说,生气要生气给别人看,自己生气不是很傻吗,谁也看不到。好过过么大家都好,冤枉到我我就不放你过。

我跟老妈说,你是做大事情的人,你有这么大的心胸。可惜了,卖了一辈子的水果,这么辛苦,这么卑微。

老妈说,我卖水果赚钱,把你们养大,培养出来,这不是很伟大的事情吗?

嗯,对的。我妈卖水果,我那么骄傲。

第六辑

卡通老妈快乐多

53. 做一个快乐的财迷

老妈是个财迷。她说："人不能让钞票缺着。缺了钱，就好比断了水，日子没的过，生活不流通。做人第一条，就是要学会赚钞票。路都是钱铺起来的，没有钱就走不远。"

小时候，我们家道也算殷实。老妈完全可以像隔壁邻居的那些妇女一样，在家里烧烧饭洗洗碗，打打毛衣管管孩子。农忙时节，田边地头，送饭送菜。

但老妈不这样。她到爸爸厂里当家属工，雇了个保姆在家里看管我和弟弟。老妈一个农村妇女，在八十年代初期，就

懂得请保姆。她认为她赚的钱比雇保姆的钱多得多了,请保姆当然是合算的。那时候,我们星期一到星期六住爸爸厂里的宿舍,星期天回自己家。老妈上半天班,回来看我们一下,就又回去做工了。老妈还懂得发挥保姆的积极性,星期天保姆跟我们一起回家,老妈让她到山上帮忙割小麦啊,种番薯啊,再另外付她钱。

后来,家属工没的做了,老妈另想赚钱妙招。我们家门前有个船埠头。那时候去宁波、石浦,都要坐船去。一天一班船,没赶上的就只好第二天再来了。那些远路赶来的人真是苦不堪言。老妈就想,自己家那么多房间空着,干吗不开个旅馆呢?说干就干,第二天就把家里后面那幢房子辟成了旅馆。住的人还挺多。有住宿,就要吃饭。老妈还烫面、炒菜,又赚了不少钱。

应付这些旅客,傍晚一阵子就够了。白天空下来的时间,老妈也不肯放过。一开始是到中学门口卖小吃,炸虾啦,麻花啦,油饼啦。学生们一下课,一窝蜂地围过来,老妈差点都忙不过来,但她很高兴。只要有钱数,一张一张的票子揣在手里,她会情不自禁地笑出声来。

等学生放学了,老妈也回家了。给我们烧了晚饭,给旅客烧了晚饭之后,她还让爸爸帮她一起炒瓜子。炒了瓜子之后,一包一包用报纸包起来。原来,晚上村子里要做戏。我们都坐在台下看越剧，老妈在人群中卖瓜子。"一角一包，喷香的瓜子哎——"老妈一点都不怕难为情。后来，哪个村做戏了，老妈就赶到哪个村去卖。不但卖瓜子，还卖花生糖、芝麻糖、海蛳、草糊冻。没卖完的，就带回来给我和弟弟吃，老妈在一旁乐滋滋地数钱，神情专注而兴奋。

后来我们上学了，老妈就专门去卖水果了。一天去一个地方，哪里有集市就去哪里卖。早上六七点就出门了，卖得顺，下午就能回来。卖得不顺，要到晚上八九点才回来。有时候是老妈心太凶，明明货已经卖完了，她又回到海游进货，下午再接着卖，这样就能赚到更多的钱。

我们向老妈要零花钱，老妈要盘问再三：干什么用啊？怎么要那么多？终于答应给了，又说，明天早上再给你。好像钱放她口袋里，就像母鸡能孵出小鸡似的，钱能生出小钱来。如果是同学生日要买礼物啦什么的，老妈就推三推四地不肯给；但如果说学校要交什么课本费啦，有什么活动啦，老妈就想啊不想，把钱拿出来了。

虽然我们需要零花钱，喜欢自己买点吃的、用的，好看的发卡啦，好玩的游戏机啦，但我们不愿意骗老妈。那都是她太阳底下、风里雨里，辛辛苦苦赚来的钱。于是，我和弟弟就商量着自己赚钱。我们趁星期天去山上采草药,晒干了卖给收购站。我们也学会了在家门口卖白糖水,一个烧水,一个收钱。我还学会了包纽扣,剪皮手套。虽然钱不算太多,但作为我们俩的零花钱是绰绰有余了。

　　老妈自己是十二分地节俭,也不让我们大手大脚花钱,但只要跟读书有关,跟学习有关,老妈就把钱看淡了。她又说了:"钱再多都不如人值钱。"所以在培养我和弟弟方面,她是不惜花费本钱的。我读小学的时候,她就给我报了电子琴班,还买了架最贵的电子琴让我学。中学的时候,我数学不好,老妈前后请了好几个家教来辅导我。弟弟决定创业的时候,公司需要注册资金,老妈把自己多年来辛辛苦苦积攒下来的钱,全部交给了弟弟。老妈嘱咐弟弟:"不管做什么事情,都是由小到大,积少成多。做生意,就是要眼明手快,头脑活络,形势要看清爽。赚钱有窍门,钱赚得多,造桥铺路都是好事,捐点给希望工程、穷苦人。"

54. 老妈是个越剧迷

　　老妈喜欢听越剧,也喜欢唱越剧。很难得有点空闲,她会叫来邻居的姆姆和婶婶们聚集到我们家嗑瓜子、喝茶、打毛衣、听越剧。一帮人围着听,跟着唱,一开始是唱片,后来是磁带。一遍一遍地听,从不厌烦。

　　那时候是越剧的黄金时期,也是小百花的鼎盛时代。茅威涛、何赛飞、董柯娣、陶慧敏,都是越剧迷们追捧的明星。《梁山伯与祝英台》《西厢记》《五女拜寿》《孔雀东南飞》《红楼梦》《陆游与唐琬》《何文秀》这些越剧篇目,她们看了又看,听了又听。而《天上掉下个林妹妹》《葬花》《焚稿》《哭灵》《桑园访妻》《官人好比天上月》《我家有个小九妹》《十八相送》《楼台会》等,又是她们争相学唱的经典选段。

我从小就喜欢这样的氛围,觉得家里很热闹、很文艺。那些越剧的唱词有的通俗,有的高雅,真的雅俗共赏。本来像《红楼梦》《西厢记》这样的名著几乎是跟劳动人民绝缘的,他们识不了几个字,也没有闲情逸致去看原著。现在改编成越剧之后,韵味还在,形式上变得朗朗上口。就这样以看戏、学唱的方式口口相传,等于是让劳动人民也接触到了高雅艺术,这真是一件有意义的事情。

连我听着听着,也喜欢上了。像《天上掉下个林妹妹》《葬花》两段唱词,均脱胎于名著《红楼梦》。改编者尊重原著的书面语言,把它改编成了劳动人民耳熟能详的口头语言,同时也保留了原著中的高雅风味。

"(贾宝玉:)天上掉下个林妹妹,似一朵轻云刚出岫。(林黛玉:)只道他腹内草莽人轻浮,却原来骨骼清奇非俗流。(贾宝玉:)娴静犹似花照水,行动好比风扶柳。(林黛玉:)眉梢眼角藏秀气,声音笑貌露温柔。(贾宝玉:)眼前分明是外来客,心底却似旧时友。"这一段唱词,一人一句,唱出了宝玉眼中的黛玉,也唱出了黛玉眼中的宝玉,把宝黛初会时心有灵犀一点通的感觉唱得惟妙惟肖。

还有《葬花》一段,也是雅之又雅。很难想象,没有改编成越剧的话,林黛玉的形象能够在劳动人民中引起那么深的同情。"绕绿堤,拂柳丝,穿过花径。听何处,哀怨笛,风送声声。人说道,大观园,四季如春。我眼中,却只似,一座愁城。"

老妈还能用这唱词告诉我们:你看看,金山银山不可贵,自由最可贵。林妹妹住在外婆家,等于每天住在花园里,什么都不缺,要吃有的吃,要穿有的穿,还能写写诗。但是,她一点也不快乐。为什么呢,因为她不能自己做主。所以讲,自己做主最幸福。

老妈听得最多的还是《梁山伯与祝英台》,她听了一遍又一遍,磁带都差点听坏掉。老妈说:"这两个人的故事太深刻、太感人,我听了忘记不了。"然后跟着唱:"记得草桥两结拜,同窗共读有三长载,情投意合相敬爱,我此心早许你梁山伯。可记得,你看出我有耳环痕,使英台面红耳赤口难开;可记得,十八里相送长亭路,我是一片真心吐出来……"唱得动情了,还会流下泪来。这时候的老妈那么温柔,那么动情,沉浸在古老的故事里出不来。在她少有的精神生活中,越剧是鲜亮的一抹色彩。

那时候,我们村里也有越剧团过来做戏。全村人围到村里的大操场上看。老妈当然也要去。但她不会白白地去，她还让老爸炒了好多瓜子，到那儿去卖。果然生意好得很。一出戏下来，瓜子也卖完了，戏也听完了。老妈一边卖着瓜子，一边跟着台上唱，跟着剧情喜，跟着剧情悲。演出结束之后，做戏人会留宿在我们村里。一家一家轮过去，轮到哪家就到哪家吃、哪家睡。我和老妈早就盼望着那个漂亮的花旦住我们家来。后来，果然就轮到她住我们家。我和老妈盯着那花旦看，看她脸上的妆容，看她头上的发饰，看她身上穿着的小姐的服装，看她袅袅婷婷地走路，听她莺莺燕燕地唱。老妈烧了最好的饭菜招待她，又把她睡的铺盖整理得清清爽爽。

我跟老妈说，正宗的师傅在这里，你快点跟着学啊。老妈开始不好意思，后来就跟着人家唱了。那花旦唱得果然是好听啊，以至于她走了好多天，家里还有一种绕梁三日的感觉。

现在老妈依然唱，唱得很开心，也唱得越来越有味道。

55. 老妈的梦想

我问老妈，你小时候有梦想吗？

老妈说，小时候的梦想就是当一名小学老师。白衬衫，短裙子，两根小辫子。笑起来很温柔。不笑的时候，学生很听话。在黑板上写粉笔字，用竹鞭点着读。我读一句，学生跟一句。

老妈说起这个美丽梦想的时候，满脸的少女气息。不用说，这个梦想没能实现。因为家庭成分的问题，小学毕业，老妈就被迫辍学了。她的梦想就此打住。

我问老妈说，你有怨吗？

老妈反问，怨有什么用？但她说，依

然无数次做梦做到这样的场景。每次高兴得不得了,说这次是真的了,这次是真的了。没想就醒过来了。醒过来后的老妈,要上山砍柴,种田地,看小牛。她多么羡慕她梦境中出现的那个干净而美好的文化人,那个受人爱戴和欢喜的女先生。但是她也没有过多去伤感。好像农村的人都不晓得怎么去伤感。有繁忙的农活等着他们去干,一刻都不得闲,也容不得他们多愁善感的呀。

但是我相信,任何一个梦想,一旦种子种下,必然生根发芽。不能实现,不代表它不会自己生长。老妈就在这样的梦想之中,一天天长大,嫁人,生子。她把她梦想的嫩芽从娘家带了过来。她把她的梦想移植到子宫里,生长在我们身上。老妈说,我没的书读,我就咬牙切齿培养你们读书。我的梦想就是一定要你们考上大学。所以,隔壁人都笑我,说我这么呆,一日劳累回家来,还要陪读陪写。你们写作业,我都要陪在旁边,要喝茶我去端,要吃水果我去削。就是为了让你们节约时间,好好写。再说了,有人在旁边提醒、陪伴,就不容易偷懒,也不容易近视。所以,你们两个人到现在眼睛都是好好的。我还要加油鼓劲,再难的题目也总有解策,没有什么好怕的,多想办法。你还记得吗?你小时候那个暑假作业里头,仙女仙童那道题目,还是我想出来的,对不对?

哈哈,我记得。那是一道附加题,是挺难的。但是老妈真的很

厉害，算了一个晚上还真让她给算出来了。

有一次，弟弟的作业太多了，回家来又先去玩了，竟然做到了十二点多，老妈就陪他到十二点多。

老妈这么认真，让我们也不敢偷懒。所以说，最好的教育是陪伴，妈妈的陪伴尤其重要。

说来也神奇，老妈也唠叨，但她从未在我面前叨唠叫我考上大学，将来当老师。但是呢，我却从小就喜欢当老师。老师不在的时候，就让我把作业抄到黑板上，让同学们抄好了回家好去做。读初中的时候，遇见一个很有创意的语文老师。她让我们来当小老师，就是让我们事先预习、备课，整堂课交给我们来上。她自己坐在我们的座位上当学生。一学期会有一次这样的机会。我记得我就上去上过课。能够把四十五分钟讲完，没有出现什么故障，装模作样地抛出问题，叫同学回答，又装模作样地评价同学们的回答。然后领读、范读，同学们跟读。连黑板上的板书也像模像样。我感觉我就是一名小老师，上课是很顺手的事情。后来果然就顺理成章地报考了师范大学，毕业后当了一名老师。我想这就是因为老妈的梦想移植到了我的血脉深处。

老妈不想限制我，非让我当老师不可。但是，她对老师这个职业的向往，肯定是在我的成长过程中无意识地传递给我了。

直到现在,老妈一说起老师这个职业,依然是满脸的庄严和羡慕。她说:"当老师多好啊!你看你从学校到学校,多么单纯,清爽爽。一日两节课,不忙不累,又充实有意思。学生爱戴你,家长尊重你。你在一堆孩子身上过日子,多多少少都带有孩子气,这是多么难得。再说了,你们还能借学生的光,还有暑假、寒假。你空出来,可以休息啊,可以旅游啊,生活过得有声有色、不忙不乱。再说了,你自己是老师,你小孩不是赚到了?你有空教他,又有先进的教育理念,这不是锦上添花吗?依我说,老师就是宝。一个家庭有一个老师,就是无上之宝。"

老妈的眼神中有闪闪的光芒。老妈说:"做官经商我都不羡慕,我就喜欢你当老师。时间多出来,好做自己的事情。想做什么做什么,这就是最大的财富,这就是真正的自由。你跟学生打交道,跟书本、教室打交道,总不错。再说了,有一天,你桃李满天下,这是多么大的功德与成就啊!"

老妈就这么激情澎湃地即兴演讲着,让我听得也是醉了。

56. 歌里头有法宝

老妈爱唱歌,爱极了,还跟我说:"唱歌啦,腔要鲜甜,调要婉转,还要带一点点笑意、一点点表情。唱歌唱得好,声音映山脉,把听的人都唱得心牵牵动。"

从小,我就听她唱"春季到来绿满窗,大姑娘窗下绣鸳鸯。突然一阵无情棒,打得鸳鸯各一方。夏季到来柳丝长,大姑娘漂泊到长江。江南江北风光好,怎及青纱起高粱……"老妈能把悲伤的歌也唱得很快乐,让人觉得别离和悲伤都是暂时的,都会过去的。打毛衣的时候,摊麦饼的时候,都能听到她唱歌。转弯抹

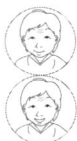

角都唱到,连过门也自己哼出来。

最早的时候是唱片,家里的唱片一盘又一盘。什么《外婆的澎湖湾》《粉红色的回忆》《铁道游击队》《甜蜜蜜》,男的、女的,革命的、流行的,大陆的、港台的,老妈都喜欢学,都喜欢唱。她喜欢极了邓丽君的《甜蜜蜜》,连声叹道:"这摆声音天上落的,真是唱得糖甜蜜滴、真情实意啊,一点都不假。"

后来是磁带,又是一盒又一盒。什么好听的歌,只要被她听到过了,她就会念念不忘。她说:"这摆调头,怎么造得这么好,听着就舒服,感觉整个人都飞起来。"

再后来是 MP3、MP4,老妈一样都没落下过。

前几年,迷上了《两只蝴蝶》。一遍一遍地看着电脑上的 MTV,把歌词一句一句抄写在她的歌本上。

我翻了一下她的本子,一本是歌本,一本是养生本,一本是账本。歌本上记着她喜欢的要学唱的歌,什么《缘分五月》《卓玛》《高原蓝》《龙船调》。养生本记着红枣、米仁、木耳、黑米、山药等等等等的益处和烧法。账本记着进了哪些水果,卖了哪些水果,本钱多少,赚了多少。这三本本子都记得满满当当、清清爽爽,老妈每天都要翻一翻、瞧一瞧。

老妈唱《两只蝴蝶》唱得真是相当温柔。"亲爱的,你慢慢飞,小心前面带刺的玫瑰。亲爱的,你张张嘴,风中花香会让你沉醉。亲爱的,你跟我飞,穿过丛林去看小溪水。亲爱的,来跳个舞,爱的春天不会有天黑。"她是这么解读的:"第一句是前面这只蝴蝶跟后面这只蝴蝶说的,让她小心飞,前面有刺,所以他飞在前头。第二句是后面这只蝴蝶对前面这只蝴蝶说的,你以为我飞得比你慢,那是因为我要停下来闻花香。第三句又是前面这只蝴蝶说的,跟我来,跟我来,我带你看溪滩水去。第四句又是后面这只蝴蝶说的,溪滩水什么时候不能看,我们还是先停下来跳个舞吧。"哈哈,被她讲解得多有雅趣、多有情致。

　　叔叔、婶婶、姑妈、姑父、堂弟、堂妹们听了老妈唱《两只蝴蝶》,都说她唱得好,又缠绵又好听,比年轻人唱得还动情。堂弟大婚在即,家族成员拟了一份节目单,上台表演的都是家族里能歌善舞者。老妈的《两只蝴蝶》被列为压轴曲目。

　　这下不得了,老妈练得更用心了。每天卖了水果一回家,就翻开歌本唱。还让我把她发音不准的普通话一个一个纠正过来。然后又打开电脑,跟着原唱一句一句学。

　　上台前几天,她说自己很慌,怕唱不好。我说谁都不是歌唱家,就是跟歌唱家一起登台又怎样? 唱歌是每个人的权利,想唱就唱。唱得好与不好,一点都不重要,抒发了自己的情感,表示了

卡通老妈

自己的心意,就很好了。

　　真正到了婚礼那一天,老妈一点都不慌了。老妈就是适合大场面啊!她拿过话筒,落落大方,果然鲜甜而婉转,动情而缠绵。全家都为她欢呼、鼓掌。

　　老妈还喜欢唱越剧。我从小就听她唱《梁山伯与祝英台》《红楼梦》《碧玉簪》《九斤姑娘》这些经典选段。这些咿咿呀呀的曲调天天在我耳边萦绕,早就听得我烂熟于心。只要我在家,一楼到五楼都是我们娘儿俩的歌声笑语。

　　通常是过年过节了,老妈一楼一楼地上去打扫,我在楼下帮忙择菜、洗菜。老妈的声音飘下来:"书房门前一枝梅,树上鸟儿对打对。喜鹊满树喳喳叫,向你梁兄报喜来。"我在楼下接上去:"弟兄二人出门来,门前喜鹊成双对。从来喜鹊报喜讯,恭喜贤弟一路平安把家归。"从门外进来的爸爸笑得哈哈哈,说道:"这两个癫人!"

　　哈哈,我们在自己家呢,想怎么癫就怎么癫。

　　我们还一起唱《记得草桥两结拜》。我唱一遍录下来,再让老妈也唱了一遍录下来。邻居那些婶婶、阿姨,也很喜欢唱越剧,都过来听,听好了再评,说我唱得亮,老妈不如我亮,但是越剧味道浓。

　　弟弟结婚的时候，作为婆婆的老妈，一把拉过弟媳妇的手，深情地唱了一段越剧《手心手背都是肉》："媳妇大娘，我的心肝宝贝啊！叫声媳妇我的肉，心肝肉啊呀宝贝肉。阿林是我的手心肉，媳妇大娘侬是我的手背肉。手心手背都是肉，老太婆舍不得侬两块肉……"那些婶婶、阿姨都听得动情落泪了呢。

　　清明上坟的时候，老妈说："我们上坟就是要嘻嘻哈哈、欢天喜地，没有什么好哭哭啼啼的。我们过得好，老太公也高兴。"我们家族就是个快乐家族，在老太公的坟头前，毛毛头们唱《小燕子》，小辈的跳街舞，姑父唱粤语版《上海滩》，我跟老妈则唱越剧。高高山头一座好坟地，果然四面开阔、八面来风，声音回荡山间。

　　老妈跟我说："我就是喜欢唱歌。再难再苦，唱两句，心里都甜蜜蜜。以前你两个小，我每日都忖钞票多赚点来供你两个读书。读得越高越好，早点钞票赚来，要用就好用。真讲讲，起三更，落半夜。我去进货，临海啊去过，宁波啊去过，天黑戳戳，我都不怕。冷风灌进来，我就唱歌。人啦，你忖自己苦，就越忖越苦。你唱唱歌，就越唱越开心，越唱越有滋味。歌里头有法宝。"

57. 只要有人欣赏我，我就高兴了

老妈一天到晚忙活，白天在外面卖水果，晚上回来还要烧饭、洗碗。把这一切都做好之后，她才能做一点她自己喜欢的事情。她没有时间看电视连续剧，也不喜欢打麻将。老妈喜欢唱歌、跳舞。村子里弄了个草根大舞台，由村子里那些能歌善舞，能够讲相声、演小品、拉胡琴、唱越剧的各种有着文艺才华和艺术细胞的村民组成。草根大舞台在过年过节或者农闲时节都会给本村的村民演出。

虽然都由村民组成，而且这些村民普遍文化程度都较低，但是，他们弄得也

都像模像样。会化妆的负责化妆,管道具的负责管道具,借服装的借服装。也有主持人,也有很好的音响和话筒。平时他们就在叔叔家的地下室练习自己擅长的曲目,一有空就练,一有空就练,等上台的时候,也就唱得有些意思了。村主任也支持,认为这是很好的自娱自乐的事情,也是新农村的象征。这些演员就更加兴兴头头了,还向乡镇企业拉赞助,作为演出的经费。

一开始,只是小打小闹,现在越来越壮大。邻村都传开了,就邀请我们村的草根大舞台到他们那里演出。几次演下来,获得了很好的口碑,又有更多的村庄来邀请。现在不但走出村子,还走出县城,连天台都来邀请了。所以,这些演员就越演越大胆,越演越兴奋,也越演越精彩了。平时总是聚一块儿,练歌喉,编小品,排节目。

老妈就是其中的一个演员,跟在他们后头,兴高采烈的样子。有时候,老妈是群众演员,广场舞演出里,排在后面看不见的其中一个;有时候,老妈是某一个小品里面只有一两句台词的小角色;有时候,老妈会在乡村歌曲大联唱里面,轮到唱一句。

我跟老妈说:"你累不累啊?白天这么忙了,晚上还不好好休息。草根大舞台就这么吸引你吗?"

老妈说:"有的参与我就高兴。他们叫我去,我就开心。"

我就有点不解了，到底是什么吸引了老妈呀？

老妈解释给我听："我从小就喜欢唱歌跳舞，但是家里成分不好，不敢唱也不敢跳。后来赚钱忙，根本没有功夫唱，也没有功夫跳。现在我宽松点了，不用每天都去卖了，我就是想唱想跳。我身上有艺术细胞，不唱不跳熬不牢。"

我扑哧一下笑出声来。老妈还真把自己当成专业演员了呢。但是，我又收住了笑，被老妈认真的神情打动了。

老妈说："一开始，我连上台都没有机会。因为其他人都比我唱得好，跳得好。我以前唱得不错，多年不唱也生疏了。做了生意，卖了水果，天天在吆喝，嗓子也差了很多。我要一点一点把它练回来。现在也总算能够轮到去上上台了。"

说完，老妈又拿出抄在本子里的歌词，认认真真地练习起来。还让我坐在一边听，把她没有唱标准的普通话给纠正过来。然后又问我，表情怎么样，动作怎么样，总体打几分。

我笑着揶揄她："老妈，你有什么好处啊，这么卖力？"

老妈想都不想，跟我说："只要有人欣赏我，我就高兴了。我们到这个村演出，到那个村演出，村里的老老少少都出来看。大家过来看，就是对我们的尊重啊。虽然我们是义务演出，大家图的是一个高兴，但我们还是要尽自己最大努力把歌唱好，把舞跳好，相声讲得要让他们哈哈大笑。你看，他们的掌声轰轰烈烈，我们也开心啊。所有的辛苦都值得，更何况这也是我们自己乐意去做的事情。人家欣赏我，我就愿意去唱，越唱越开心。我也要越唱越好，对得起观众的掌声。"

我又扑哧一声笑出来。每个人都有他自己的小世界，老妈也一样。在她看来，村里的草根大舞台就是天底下最大最好的舞台，她要把她的艺术细胞奉献给这个神圣的舞台。

老妈说："每个人都可以上台，每个人都有舞台。看你敢不敢上去，也看你用不用心去练。唱得好不好，还在其次，唱得越来越好，就有人欣赏。为了这份欣赏，我也要认认真真地练习，认认真真去表演。"

没想到，果然是"皇天不负有心人"，老妈的底子还在的，练着练着就把艺术细胞给练回来了。欣赏她的人越来越多，老妈依然不放弃每一个小角色，但是老妈也已经上台当了好几回主角，独唱了好几次了。台上的老妈越来越自信，一点都不慌乱，表情也恰到好处，普通话越来越标准，歌唱得也越来越有感情。唱完之后，观众热情地给她鼓掌，老妈开心地说着"谢谢""谢谢"。被那么多人欣赏的老妈在我眼里那么迷人，那么可爱。

58. 甘蔗脑头甜

　　老爸有时候会嗔怪老妈:这么大岁数的人了,怎么也像小孩子一样,别人叫你唱你就唱,叫你跳你就跳,嘻嘻哈哈的,没有一点点威严。

　　老妈反驳道:"我要威严干什么? 我又不是什么大人物。别人叫我唱,我自己也想唱,那就唱啰。就是别人不叫我唱,我也会唱。别人叫我跳,是因为我跳得好,她想跟我学舞步,我有什么好扭扭捏捏的,就跳给她看啰。本身我就喜欢唱歌跳舞,你不要把我压抑了。我不嘻嘻哈哈,难道还愁眉苦脸啊?"说得老爸没话说了。

我大大地赞美老妈："老妈,你的心理真是太健康、太阳光了。做人就是要真实、大方,想唱就唱,想跳就跳!"

老妈说:"甘蔗脑头甜,越活越新鲜。我现在六十岁了,可我的心还像三十岁一样年轻。我以前忙,没有工夫享受生活,现在要把这些爱好都追回来,痛痛快快、开开心心地度过自己的晚年。"

哇哦,老妈真是新时代的女性,连老爸都听得笑起来了。我说老爸就是不如老妈开放、胆子大。老妈跟得上时代,赶得上潮流,或者说,老妈就是潮流,她自成体系,自成流派,坦荡而奔放。

但是甘蔗怎么是脑头甜呢? 脑头在这里就是尾端、末梢的意思。甘蔗明明越接近根部越甜,越接近脑头越淡的呀。这句俚言俗语从小就听,一开始,我们还真以为甘蔗是脑头甜呢,就抢着去吃脑头了,后来才知道,脑头是最不甜的。我们可是把祖先留下来的话当宝贝一样听的,叫它"话肉肉",但是这句"话肉肉"怎么就不准不对了呢?

老妈笑笑说:"甘蔗脑头甜,当然是哄哄小孩子的,防止大家争着去吃真正甜的部分。甘蔗做不到脑头甜,但是,我们人可以做一根脑头很甜的甘蔗啊。"

哇,老妈这么一说,这句话马上就有意思起来了。

老妈接着说:"人的一生就像甘蔗一样,一节一节。十岁算作一节的话，活到八十岁就是八节，活到九十岁就是九节，活到一百岁就是十节。每一节都很重要，都很关键。甘蔗是一节比一节淡，但我们的人生可以一节比一节甜。"

这怎么可能呢？我说："刚出生的时候，全家欢天喜地，那是最甜的时候。十岁、二十岁，青春年少，无忧无虑，当然也很甜。三十岁、四十岁，开始奔波劳碌，渐渐不那么甜了。五十岁、六十岁，老都老了，牙齿开始松动，头发开始花白，长了皱纹，再也没有年轻时候那么漂亮、那么青春，还有什么甜的呢？七十岁、八十岁，可能走都走不动了。九十岁、一百岁，生命已经到了尽头，还有什么甜的呢？没见大家都是哭着把亲人送走，哪里还有什么甜？"

老妈耐心地等我说完，又开始她的辩论了："其实人生的甘蔗每一节都可以很甜。小有小的好，大有大的妙，老有老的美。你想想，小孩子人见人爱，因为他们可爱。小年轻，身强体健，美丽大方，人人羡慕。等到老了，事业有成，儿孙满堂，也是一种快活啊。虽然头发白了，牙齿摇了，但人的精神可以越来越年轻，越来越丰富。岁数过去了，智慧积累了，就像'霜叶红于二月花'这句唐诗，秋霜打过的叶子为什么比春天的花还要红呢，那是因为它接受过风雨对它的摧残、时间对它的考验。这种红就是一种越活越新鲜的劲头，一种精神力量。霜叶就是我们学习的榜样。"

哇，老妈在她知道不多的诗词里面，能够恰到好处地引用这句诗，而且说得头头是道，简直是"唐诗新解"了！

那么怎样才能越活越年轻呢？我又禁不住要问了。

老妈笑着说："就是要唱要跳，要快乐啊。不能觉得老了老了，算了算了。你越是这样想，就老得越快。老就是静止了，不动了，就像水不流了，多少可怕啊。我们依然要朝气蓬勃。我感觉人啦，最高境界就是忘记年龄。你干吗老是记住自己多少岁多少岁。你忘记了自己已经六十岁，就照样可以爬山越岭。不是有一个百岁老人，依然自己下地种菜吗？他种着种着，就把自己已经一百岁这件事忘掉了。还有呢，越老越要跟年轻人一起，借着他们的朝气来使自己年轻，这个就叫作感染力。要多听听年轻人的意见，不要以为自己经验足，有时候他们的想法更有创意。就像我们家，我就喜欢听听你和你弟弟的意思，你们懂电脑，会上网，知道得肯定比我多，站得也比我高，我向你们看齐，肯定没有错。"

说着说着，跳舞帮的过来了，一群跟老妈上下年纪的大婶大妈纷纷聚到我家来，叫老妈赶紧跳舞去，说老妈不去，气氛不够活跃。老妈没等跟我说完，就哈哈哈地笑着跟她们一块走了。老妈是有多开心、多年轻啊，她是一根甜美的甘蔗，每时每刻都那么新鲜。

59. 老妈出谜我们猜

　　小时候的夏天，我们全家在院子里纳凉。老妈躺在长长的竹椅子上，我和弟弟坐在小凳子上，围着老妈。老爸在旁边做生活。做什么生活？爸爸接了活，给人家做铁门。这个是上班以外的私活，能赚不少钱呢。老妈一边用蒲扇替我们赶着蚊子，一会儿，又起来到家里去拿西瓜给我们吃。

　　老妈给我们出谜语，都是三门方言谜语。说猜一样动物："白胡须老倌，一路卖黑药丸。"老倌就是老头。

　　我们就想啊想，想着一个白胡子老

卡
通
老
妈

爷爷,一路上背着个箱子,箱子里都是一包一包包好了的药丸子,他拿出药丸子卖给大家,一打开,黑黑的,圆圆的,一颗一颗。是什么动物呢?

弟弟就问了:"妈妈,这个药多少钱一颗?"

哈哈,爸爸妈妈和我都大笑起来。

老妈说:"谜语不是这样猜的。谜语都是打个比方,不是真实的事情,但是很相像的。谜面说的是老倌,要你猜的是一样动物。你想想看,什么动物长着白白的胡须,身上会有黑黑的、圆圆的像药丸一样的东西,而且是一路上边走边留下来的?"

我们就猜是小白兔,是小猫。老妈说都不是。

我们猜了好久没猜出来,爸爸忍不住提示我们:"你想想看,隔壁三娃家养了什么动物,吃很多草的?"

哦,那不就是羊吗? 哈哈,果然是呢。那山羊可不就是个老头吗? 白白的胡须一大把。更形象的是,它的黑药丸,就是一路走一路拉下的粪便呀。羊粪不正是圆圆的、黑黑的、一颗颗的。

我和弟弟笑得肚子都疼了。好玩极了。我们的祖先留下这么可爱的谜语给我们猜,这么富有生活气息,真了不起呢!

弟弟嚷着:"妈妈,再猜再猜,我们再猜嘛!"

于是,老妈又出了一个:"人细仃仃,屁股穿根绳。打一样日常用品。"用方言说出来,都是押韵的,很好听。

于是我们又脑补了这样的画面:有一个人,瘦极了,细脚伶仃的,很可怜。奇怪的是,他的屁股上还穿了一根绳。是根什么绳子呢? 稻草绳吧。那肯定是个讨饭人。

弟弟说:"我知道了,我知道了,他是一个讨饭人。"

哈哈,爸爸妈妈又笑开了。

老妈说:"谜语不是这样猜的。说的是人,猜的是一样东西。屁股又不是人的屁股,是这样东西的屁股。绳也不是稻草绳。"

可是,我们还是想不通,这个人为什么要在屁股上面穿根绳子呢? 为什么呢?

我们猜啊猜,猜啊猜,猜了这样猜那样,还是没有猜对呀。

老爸一边用电烙铁烙铁门,一边又提醒我们:"你想想看,你外婆缝衣服的时候,用的是什么东西?"

顶针? 不像。顶针是圆圆的,不是细伶仃的。

这时候,弟弟高声嚷起来:"是针,是针,是缝衣服的针! 喏,针不是细伶仃的吗? 针屁股上不是穿了一根绳吗? 就是线呀。如果没有线,针怎么缝衣服呀!"

哈哈,这真有趣。我们爱上了家乡方言谜语呢。又央求老妈再出几个。

卡通老妈

老妈说，接着给你们"高高山头"系列猜猜。这还是老妈小时候，外婆给她和舅舅们猜的呢。而外婆小时候也猜过这样的谜语呢。

我们期待极了，看着老妈，等着她出题。

老妈说："先来第一个。高高山头一拨蒿，千斫万斫斫不掉。"

高高山头，那是多么高多么高的山呢，在那山头顶上，竟然种着一片蒿菜，但是这片蒿菜好神奇呀，怎么砍都砍不掉。老妈说打一个自然界的东西。那是雨？是风？是水？还是烟？哦，对了，是烟，怎么砍都砍不掉。

老妈说，对！接着又出了一题："高高山头一株老芥菜，越剥越生瓣。打一样植物。"

越剥越生瓣的意思就是剥了又长，剥了又长，剥得越多，长得也越多。这是什么植物呢？

这时候弟弟捂着我的嘴，不准我猜。他先猜大白菜，不对。再猜包心菜，也不对。说实在的，我也没想出来。

这时候，我们又开始向老爸求助。老爸说："是一棵树，长得不高不矮，绿色的，跟粽子有关的，包粽子的时候都用得着。"

哦，我和弟弟同时脱口而出："是棕榈！"棕榈树我们家也种的，棕榈的叶子是越剥越长的呢。

　　这下子好了,我们爱上猜谜语了呢,于是又缠着老妈给再出一个。

　　老妈想了想,又说了一个:"高高山头一座老爷殿,三十多个白衣裳老人坐里面。"

　　哇,这高高山头好神秘呀,一会儿长着这个,一会儿长着那个,现在又出来一个老爷殿。老爷殿就是供着老爷菩萨的佛殿。怎么有三十多个老人坐在里面呢,而且还是穿着白衣裳的老人?老妈说猜的是人身上的器官。那是什么呀?什么器官里面有三十多个东西,而且是白色的?它们是围着坐的吧?不然怎么坐得下呢?

　　这回我们不求助,也不嚷嚷,低下头去,认真地想啊想。最后,我们都想到了。那就是牙齿。每个人都有三十多颗牙齿,牙齿不就是白白的吗?牙床圆圆的,好个排场,不正像座老爷殿吗?三十多个老人正围坐着,讲典故、听佛经呢!

　　太有意思了,老妈的谜语真是一个宝库,我们猜了一个又一个,这可是我们家乡专有的方言谜语。家乡一代一代的孩子就是猜着这样的谜语长大的呢。

60. 我就是导航

老妈坐在我们车上，说说笑笑可开心了。我们带她和老爸四处转转，在家乡来个小旅游。我们要去的是被评为"中国最美乡村"的潘家小镇。他们俩一直忙忙碌碌，直到现在，还没有好好地去旅过游呢。我想，慢慢地，要把他们的生活给丰富起来。远的地方再说，把自己家乡的旅游景点先给玩了。

一早就起来了，两个人可兴奋了，像是参加春游的小学生。老妈说，我们要趁早凉，早点出发，等会儿太阳大起来，要热。又说，对了，对了，旅游景点东西又贵又不好吃，还要排队，我们自己带。等等我，我摊几个麦饼。然后迅速和面，做麦饼。芝麻红糖馅儿的，喷喷香呢。然后又说，对了，还要什么东西过过的。接着从冰箱里拿出几只螃蟹，烧熟了，放饭盒里。然后又说，要带点水果。七样八样地又抓了些来。等麦饼冷却了，用布包起来。然后把这些东西都放旅行包里，让老爸背着。老爸背个双肩包，还真像个小学生了。我们全家都笑开了。老妈又想起还要带水。又灌了两瓶水，让老爸带上。

快快看着外公外婆忙这忙那的，皱着小眉头叫着："外公外婆，爸爸妈妈，我们什么时候才出发呀！"这小子也急着要出门了呢。又把大家给逗笑了。外公说："好，马上出发！"老妈又在那里喊："等我小核桃拿点来，好剥剥！"哎，这还玩不玩了。刚刚还说要趁早凉。老爸笑着说："你老妈是总指挥。一切服从指挥！对了，把我那小瓶二锅头也带上！"

总算是出发了。一路上山清水秀，看得人很惬意。

老爸说："哎，我一年到头没的嬉，双休日都没有。节假日还要加班，有人上门都高兴，哪里好回绝别人。小厂虽然小，效益倒是不错。不过，劳力真是劳力，黄昏头家里回来，就想躺下来休息。人是要到处走走嬉嬉，放松放松心情。等我退休了，我也要多出去嬉嬉。"

老妈接着说："我们这一代算是辛苦。小时候没的吃,大了挣工分,上代又没有什么传下来,平民百姓啊,每家每户都穷。我和你爸爸两个人真正是白手起家,一切从零开始。只能放自己身上刻苦,努力努力再努力。总算日子太平踏实,也把你们培养出来了。比起以前,日子好过得很! 我们也要享受享受,四圈八面走走,长长见识。"

正说着,车上响起来:"前方500米有隧道,请开车灯。""前方有闯红灯照相,请减速慢行。""前方有限速拍照,限速一百。""前方红绿灯右转,请注意改变车道!"

老妈问:"这是什么呀,是谁在讲话?"

快快说:"外婆,这是导航啦。我们要到哪儿去,它都会告诉我们,怎么走,要注意什么。开得太快了,它还会提醒。"

老妈更加好奇了:"有这么好的东西! 它没有来过我们这里,它怎么带路的,它怎么指导的,它怎么都知道的呢?"

哈哈哈,我们差点笑昏倒了。

快快接着给外婆补上一课:"外婆,导航就是GPS卫星定位啦。导航又不是一个人。它是用卫星来定位的,能够非常准确地告诉我们具体的位置。所以叫作导航嘛,它引导着我们航行。它就是导航。"

老妈听得半懂不懂的,但是对这新鲜玩意非常感兴趣。她还是把它当成了一个人,一个随时随地、全心全意帮助我们的人。"怎么这么活灵,真是厉害。真是太感谢了。有它这么提醒,我们就安全了。"

说话间,上了盘山公路,好一阵盘旋。貌似绕来绕去又绕回来了呢,导航似乎也沉睡过去,好久没有声音了。怎么回事?

老妈说:"你看,它肯定没有来过。没有来过怎么认识路呢,而且是山路。"

然后,停下车,看了看。

"哎呀,这不是亭旁镇吗?我以前到这里卖过水果的呀。这条路太熟了。就是路改了一下。我看看,我看看,盘山公路不用上去的。到下面去。前面那个村子过去,就是大马路。大马路再笔直往前开,就差不多到了。"

经老妈这么一说,我们马上掉头回到山脚下。原来是我们开错了,导航没有及时制止,所以就在山路上绕来绕去了。还是老妈厉害呀,现在就全听老妈的啦。

老妈说:"听我指挥!我就是导航。告诉你导航没有来过,你叫它怎么导导呢?我来过啊,来过无数次,以前到亭旁赶集,都从这条路上过。快点,快点,前头左转。有红灯,先停一停。等会左转以后,再笔直开!"

一路上,老妈当起了导航,我们顺利到达了目的地。看到了清灵灵的水,绿油油的树,蓝蓝的天,白白的云。我们坐在潘家小镇的老樟树下,拿出麦饼和螃蟹来吃,走来过去的人羡慕得不得了呢!老爸还拿出二锅头来啜啜。啊,在这样的天然景色之中,我们一家人依山傍水,多么开心啊!

老妈说:"你看,我们一分钱不花,还吃得这么爽。那边人一大堆,排队炒菜轮不着。所以,都要事先做好安排。"

老爸竖起大拇指说:"对!你就是我们全家的导航!"

我们又都开心地笑了。

快快笑弯了腰:"外公外婆,你们太卡通了!"

后 记

爱她，
就写一本书给她

多么好啊,在这个春风沉醉的晚上,我要给我的新书写后记。

其实每个人都应该写一本书给自己的妈妈吧,通过认识妈妈来认识自己。我们从妈妈而出,但我们又了解她多少?好比,我们也并不了解自己多少。

我妈是和水果摊长在一起的。她的水果摊是露天的,就是个路边摊。我一眼望过去,就是一大堆的水果乖乖地围绕着她。回到家里来,又是一大堆的水果,围绕着我们。那是妈妈批发过来的货,卖完了再去进,卖完了再去进。说白了,她

就是个卖水果的小商贩,她赚的就是这一进一出的小小的差价。就是这小小的差价把我和弟弟养大了,供我和弟弟读书上大学,这些跟我朝夕相处的水果,其实就是我的亲兄弟、亲姐妹。

就在那一次,我看着她风吹日头晒地守着水果摊,突然想到,我为什么不给她写一本书呢?为什么不呢?我跟妈妈说:"我要写一本书给你,让你一边卖水果,一边翻着看。"我妈一听,非常开心,当然她的手里依然不是拎着秤砣,就是削着甘蔗,她说:"我等着。"

这样又过了一些年头,我才开始写。因为我觉得我迟早会写的,不在乎一时半会儿。但是我也应该可以动手了。拖啊拖,一直拖,总是不对的。于是,我写。刚写了没几篇,放在博客上,就有人爱得很。说这个老妈太可爱、太有智慧了,快点写,快点写,我还要看。人是禁不住表扬和鼓动的,我简直没喘几口气,就把《卡通老妈》给写好了。怎样才算好呢?就是让我觉得我已经认识了她,认识了我亲爱的妈妈。她叫郑慧明,她是一个农村妇女,她摆水果摊,她培养了两个还算有点知识有点文化,但绝对热爱生命又热爱生活的好孩子。她那么温柔而强大,让我觉得我读多少书都比不过她。但干吗要比呢?她已经是我灵与肉的一部分。

我跟我的孩子有一个美好的约定,叫作每日一抱。我们母子俩每天都要互相拥抱一下。但是，我跟我的妈妈从来没有拥抱过。我们从小没有养成这样的习惯，所以现在也拥抱不起来。肌肤的事情，有时候比精神更难解释。但通过这本书的写作，我觉得我深深地拥抱了我的妈妈，我的母亲。这样的拥抱是有意义的，而且意义非凡。

使我开心的是，当此书写成的时候，我妈早已经不摆水果摊了。她不用再日晒雨淋地在外面卖水果了。我们全家欢聚在杭州，"从此过上了幸福的生活"。现在的她唱唱歌来跳跳舞，带带孙子买买菜，用杭州话讲，"毛开心的嘞"！

但是，我不知道我是不是又跌进了另一种乡愁。三门的房子，都空着，没人住。我们小时候的田野——大湖塘，早已经变成了灯火辉煌的商住区，我们家也分到了一套，于是又有新房子住了。可是，没有人去住。有那么十来年，二老在三门，我们在杭州，他们眼巴巴地盼着我们回家。现在呢，父母是随身行李，我们带在身边，一起出门，一起归家。主人常年不回家，一年中也就过年的时候回去住个一星期，我不知道，我们家的空房子，有没有哭泣过。

三门就这样过去了吗？还有多少可能，会回到那个生我养我的地方去？怎么算，都是少之又少。那么，我就这样失去故乡

293

了吗？还是故乡已经长在了我的身上，也成了我的随身行李？以前，是妈妈一次又一次把三门带到杭州来，我的胃里一年四季装着我整个的家乡。我妈是有多么怕我饿着呀，常年源源不断地把家乡的米面、垂面、豆面、红米、海带、紫菜、虾皮等等等等，装满我家厨房的每个柜子，吃完续上，吃完续上，怎么吃都吃不完啊。那么，现在，妈妈，你是不是应该时不时回去一下，把这些东西继续搬运过来，做一个乡愁的搬运工，假装你依然还在三门？

真是开心啊，又一本新书要出版了。真心感谢海飞大人在真正的百忙之中给我写序，"大人"是我们对他的尊称亦是昵称。他手头有三个剧本、一个小说同时在写，未播先热的谍战剧《麻雀》马上就要在湖南卫视呼啦啦起飞了！他忙得连故乡丹桂房的春天都看不了，我看见过被他无数次写进小说和剧本里的那个著名的光棍潭，潭边齐腰深的油菜花开得旺盛极了。海飞说，那里藏着他赤裸的童年。

真心感谢孙昌建老师给我写的推荐语。他是散文家、小说家、评论家，更重要的，他还是一个诗人。他是一个集大成者。接下去，我想我要写得更好一些，才对得起他的鼓励和表扬。

最后，要感谢我的母亲，没有你，就没有我，没有我，这个世界不是就少了一份生动和可爱了吗？哈哈，允许我自恋一下吧，谁让我还是个孩子呢。

有妈妈在，我们就永远都是孩子。不是吗？

郑春霞

2016 年 4 月 12 日

于杭州钱塘江畔